포안A

당신은 누구보다 소중해요
사랑합니다...

조안의 아주 특별한 이야기

단 한 마디

조안의 아주 특별한 이야기

단 한마디

조안 지음

세종미디어

나는 그림 그리는 것을 좋아한다.

중학교 때부터 반 아이들에게 만화를 그려 주었다.

그러면 아이들은 내게 볼펜이나 책받침 등을 선물로 주곤 했다.

그때 내 꿈은 '만화가'였다.

고등학교를 졸업할 무렵 우연히 방송국에 놀러 갔다가 드라마 작가의 눈에 띄어 단막극에 출연하면서 꿈이 바뀌긴 했지만 지금도 가끔씩 만화를 그린다.

그리고 틈틈이 생각나는 이야기들을 글로 옮겨 적으며 어른들도 읽을 수 있는 동화책을 내고 싶다는 또 다른 '꿈'을 가지게 되었다.

나는 혼자 생각했다.

내가 쓴 글에 내가 그린 그림을 그려 넣으면 얼마나 멋질까?

하지만 아무래도 그건 아닌 것 같았다.

현실감 없는 공상일 뿐이라는 생각이 들었다.

글 솜씨, 그림 솜씨 모두 부족하다는 것을 나 스스로 너무나 잘 알고 있었던 것이다.

그런 나에게 출판사로부터 책을 내보자는 제안이 들어왔다.

신문에 나온 인터뷰 기사-동화책을 내고 싶다는-를 봤다고 했다.

내심 겁이 나긴 했지만 용기를 내서 그동안 쓴 글들을 모아 출판사에 보내 주었다.

공상이 현실이 되기까지는 그리 오랜 시간이 걸리지 않았다.

출판사 분들이 내 글을 좋게 본 모양이었다.

아니면 내가 이름이 알려진 사람이기에 보다 쉽게 기회가 왔는지도 모르겠다.

내 글과 그림이 하나의 책으로 엮여져 나온다는 것은 나에겐 무척이나 의미 있는 일이다. 놀라울 만큼 매력적인 일이다.

그러나 걱정도 된다.

너무 어두운 이야기들만 잔뜩 늘어놓은 것 같아서.
어둠이 있어야 빛의 소중함을 알 수 있다는 말, 변명이 될까?
언젠가 일본의 소설가 엔도 슈사쿠가 쓴 글을 읽은 적이 있다.

소설이란 이 세상에서 일어나는 온갖 사건 속에서 우주의 은밀한 목소리를 알아듣는 것이다. …… 소설가는 마치 도박판처럼 소란스러움으로 가득 찬 인간 세상 속에서 우주의 은밀한 속삭임을 듣고자 하는 사람인지도 모른다.

소설가는 아니지만 나는 그의 글을 읽으며 고개를 끄덕거렸다.
나는 우주의 은밀한 속삭임을 듣고 싶다.
그 속삭임을 사람들에게 전해 주고 싶다.

2010년 가을
조안

contents

심장을 달고 다니는 소년

심장을 달고 다니는 소년.

소년의 심장은 날마다 커져 가고 있었다.
그 커져 가는 정도가 눈에 띄어 소년의 걱정은 커져 가는 심장만
큼이나 빠르게 커져 갔다.

소년의 심장은 이젠 땅에 끌릴 정도로 커졌다.
소년은 길을 걷는 것조차 힘들어했다.
혼자 들고 다니기엔 너무 커져 버린 심장 때문이었다.

그러자 소년의 아빠는 소년이 어디를 가야 할 때 소년의 심장을
함께 들고 다녔다.
하지만 이내 소년의 심장은 아빠가 들 수 없을 만큼 커졌다.

그다음부터는 소년의 엄마와 형도 소년의 심장을 함께 들고 다녔다.
처음엔 모두들 당연하다는 듯이 소년을 위로하며 소년의 심장을 나눠 들었다.
그러나 시간이 지나면서 조금씩 소년의 귀에 형이 내뱉는 작은 불평의 소리들이 들리기 시작했다.

"아, 힘들어 죽겠어."
"자유가 없다고!"
"내가 쟤 시종이야?"

소년의 부모는 아무 말도 하지 않았다.
하지만 그들이 점점 지쳐 가고 있다는 것을 소년은 너무나 잘 알
고 있었다.
소년은 집 밖으로는 거의 나가지 않았다.
소년은 가족에게 말했다.
"사람들의 시선을 끌고 싶지 않아서 밖에 나가고 싶지 않아요."
그러나 사실 소년은 그런 것 따위는 신경 쓰고 있지 않았다.
다만 가족에게 짐이 되고 싶지 않았을 뿐이었다.

그러던 어느 날 소년은 안방 근처를 지나가다 아빠와 엄마가 조
용히 나누는 이야기를 듣고 말았다.

"더 이상은 안 되겠어."

아빠의 목소리였다.

소년은 안방으로 다가가 귀를 기울였다.

"그러게요. 이젠 정말…… 지쳐요."

이번엔 엄마의 목소리.

"다른 아이들은 정상인데 왜 저 아이만 저 모양인지."

"……낳지…… 말았어야 했어요. 그편이 저 아이한테도 좋았을
거예요. 차라리 태어나지 않는 것이…….."

엄마의 말을 듣고 소년은 깊은 슬픔에 잠겼다.

세상에서 가장 사랑하는 엄마, 아빠의 입에서 결국 그 말이 나와
버린 것이다.

소년은 엄마 아빠가 그 말만은, 정말이지 그 말만은 하지 않기를
바랐었다.

소년은 힘없는 걸음으로 자기 방으로 들어가 구석진 곳에 웅크리고 앉아 울었다.

울고, 또 울었다.

눈물은 쉴 새 없이, 끊임없이 흘러내렸다.

소년의 부모는 방에서 나오지 않는 소년이 걱정되었다.

소년은 방문을 꼭 걸어 잠그고 울기만 했다. 밥도 먹지 않은 채.

아빠와 엄마가 방문을 두드리고, 달래고, 소리쳐도 소년은 나올 생각을 하지 않았다.

그렇게 며칠이 지났다.

뚝!

느닷없이 들려온 '뚝' 하는 소리에 소년은 눈물이 잔뜩 고인 눈을
들어 주위를 살폈다.
'어디서 난 소리일까?'
소년은 주변을 샅샅이 살펴보았지만 소리가 난 곳을 찾아내지
못했다.

소년은 천천히 고개를 숙였다.

그때였다.

소년은 보았다. 자신의 가슴에서 심장까지 이어져 있던 길쭉하고 커다란 살덩어리가 떨어져 나가 있는 것을.

소년은 벌떡 일어섰다.

자신뿐만 아니라 온 가족의 근심거리였던 커다란 심장에서 드디어 해방된 것이었다!

'틀림없어. 그동안 너무 슬프게, 아프게 울어서 심장이 감당해 내기 힘들었던 거야!'

소년은 뛸 듯이 기뻤다. 너무 기뻐서 울었다. 하지만 이상하게도 눈물이 나오지 않았다.

'왜 눈물이 나지 않지? 왜지?'

소년은 한참을 생각했다.

그러다 깨달았다.

자신에게 이젠 '심장' 이 없다는 것을.

심장이 사라지자 눈물도 사라진 것이었다.

심장을 잃어버린 소년

심장을 잃어버린 소년

소년은 지금 울고 있다.

집 앞 언덕에 있는, 아직 덜 익은 모과향이 배어나는 나무 아래 앉아 두 팔로 힘껏 무릎을 끌어안은 채 소년은 울고 있다.

바람에 나풀거리는 머리카락 사이로 소년의 발갛게 부어오른 눈두덩과 얼굴에 박혀 있는, 체로 걸러 낸 듯 작은 주근깨들이 간간히 보였다.

소년은 정말이지 최선을 다해서 소리 죽여 울었다.

아침 일찍 일어난 소년은 자신의 가슴에 커다란 구멍이 뚫려 있는 것을 보았다.

"엄마!"

소년은 다급히 소리쳤다. 곧바로 소년의 엄마가 방문을 열고 들어왔다.

순간 소년은 자신도 모르게 구멍 뚫린 가슴을 두 손으로 가렸다.
'엄마가 내 가슴에 구멍이 뚫려 심장이 사라져 버린 것을 알면
날 혼내고, 날 싫어할지도 모른다.' 는 생각이 들자 덜컥 겁이 났
던 것이다.

소년은 놀라서 뛰어온 엄마에게 흉측하게 생긴 벌레를 봤다는
거짓말을 했다.
소년에게 이미 심장은 없었지만 이상하게도 거짓말을 하는 동안
심장이 뛰는 것 같았고, 온몸이 떨렸다.
엄마는 소년의 얼굴을 잠시 쳐다보더니 방을 나갔다.

소년은 엄마를 내보내고 부랴부랴 심장을 찾았다.

밤새 누워 있었던 침대 밑을 들어가 보았고, 덮고 잤던 이불을 뒤집어 보았다.

책상 서랍도 뒤졌다. 심장이 아무리 작다 해도 들어가기 힘든 연필 통 안까지 살펴보았다.

하지만 소년은 도저히 심장을 찾을 수 없었다.

그때 엄마가 소년에게 학교 갈 시간이 되었다는 것을 알려 주었다.

소년은 옷을 단단히 차려입고, 책가방을 들고 집을 나섰다.

학교에 도착한 소년은 교실 책상에 앉아 수업을 듣는 내내 사라진 심장에 대해서 생각했다. 소년의 머릿속은 온통 심장 생각으로 가득 차 있었다.

어느덧 수업이 끝났다.

소년은 평상시와는 다르게 함께 놀자는 친구들의 강력한 유혹을 뿌리치고 집 앞 언덕까지 한걸음에 내달렸다.

소년은 눈을 크게 뜨고 어제 놀았던 언덕 주위를 샅샅이 살펴보았다.

하지만 심장은 보이지 않았다.

어느새 날이 저물었다.

결국 심장을 찾아내지 못한 소년은 힘없이 일어섰다.

소년은 먼지가 잔뜩 묻어 꼬질꼬질해진 옷소매로 콧물을 닦으며 지친 몸을 이끌고 집으로 갔다.

소년이 문을 열고 들어서자 엄마가 거지꼴을 하고 나타난 소년을 다그쳤다.

"어디서 뭐 하다 이제 오는 거니? 얼른 깨끗이 씻고 와서 저녁 먹어!"

하지만 소년의 귀에는 엄마의 다그침이 제대로 들리지 않았다. 자신에게 갑자기 닥친 엄청난 불행으로 인해 엄마가 화를 내는 것이 대수롭지 않게 느껴졌던 것이다.

"빨리 씻고 오라니까 뭐 해?"

엄마가 다시 소리쳤다.

소년은 엄마의 말은 들은 체도 하지 않고 곧장 방으로 들어가 침대 위에 엎드려 울었다.

한참을 숨을 죽인 채 울던 소년은 이제 막 일을 마치고 집에 들어온 아빠가 자신의 방문을 부실 듯이 두드리자 벌게진 눈으로 일어서서 방문을 열었다.

소년의 부어 오른 눈두덩을 보고 깜짝 놀란 엄마와 아빠는 걱정스런 눈으로 소년을 바라보며 물었다.

"왜 혼자서 울고 있었니? 무슨 일 있어?"

소년은 대답하지 않았다. 대답을 할 수가 없었다.

무서웠다. 심장이 사라져 버렸고, 심장이 있었던 자리에 커다란 구멍이 생겨 버렸다는 사실을 말하는 것이 몹시 두려웠다.

'아무리 부모라 해도 이런 나를 받아들이기는 힘들 거야. 나를 괴물처럼 보지는 않을까? 강제로 병원에 넣어 버리진 않을까? 난 혹시 엄청나게 큰 병에 걸린 것은 아닐까?'

생각하면 할수록 겁이 나고 무서웠다.

"말해 보래도. 왜 울고 있었던 거야?"

엄마가 다시 물었다. 소년은 여전히 아무 대답도 하지 않았다.

"어서 말해 보라니까!"

이번엔 아빠가 다그쳤다. 걱정스럽게 소년을 바라보던 엄마 아빠
의 눈에 노여움이 깃들었다.

그렇지 않아도 잔뜩 겁을 먹고 있던 소년은 점점 붉어지는 엄마
아빠의 눈을 보자 온몸에 소름이 돋았다.

너무나 무서워서 소년은 그만 울음을 터뜨리고 말았다.

"얘가…… 도대체 무슨 일이 있었던 거니? 울지 말고 얘기를 좀
해 봐. 응? 왜 우는 거야? 누가 때렸어?"

엄마가 부드러운 목소리로 물었다.

소년은 다소 누그러진 엄마 아빠를 바라보았다.

그 순간 소년은 알 수 없는 용기가 생겼다.

소년은 꽁꽁 잠가 두었던 셔츠 단추를 풀고 휑하니 구멍이 나 있는 곳을 가리켰다. 그러고는 펑펑 울면서 자신에게 일어난 일들을 모두 털어놓았다.

소년의 부모는 한참을 멍한 눈으로 소년이 가리키는 곳을 바라보았다.

엄마 아빠가 아무 말이 없자 소년은 가슴이 조였다. 불안했다.

'역시…… 엄마 아빠는 나를 괴물로 보는 거야. 나를 병원에 입원시키겠지. 친구도 다시는 사귀지 못할 거야. 난 이제…… 끝났어!'

소년은 절망은 갈수록 커져 갔다.

그때였다.

"하하하!"

꽤 무거웠던 침묵을 깬 건 소년의 엄마였다.

소년의 엄마는 잠시 숨을 고르더니 눈을 동그랗게 뜬 소년을 바라보며 크게, 크게 웃었다.

"하하하하! 하하하하하하!"

곧이어 소년의 아빠도 엄마를 따라 웃기 시작했다.

'무엇이 저렇게 웃긴 것일까?'

소년은 도무지 알 수가 없었다.

소년의 엄마 아빠는 한참을 웃고 나서 소년을 향해 입을 열었다.

"하하하. 우리 아들. 고민이 겨우 그거였니?'

엄마 아빠는 웃겨서 죽겠다는 듯 숨을 할딱이며 간신히 말했다.

엄마 아빠의 눈에는 하도 웃어 눈물까지 고여 있었다.

'겨우? 겨우 그거라니?'
당황한 소년의 얼굴이 벌겋게 달아올랐다.
소년은 아직도 웃느라 찔끔찔끔 새어 나오는 눈물을 훔치고 있
는 엄마 아빠를 번갈아 쳐다보았다.
대접만큼이나 커져 버린 소년의 눈동자는 두려움으로 흔들렸다.

소년은 겁먹어서 떨리는 목소리로, 조금은 진정된 엄마 아빠에게
물었다.
"심장이 사라져서 구멍이 생겨 버렸는데 겨우 그거라니요? 난 이
제 심장이 없다고요! 내가 괴물이라는 생각, 들지 않으세요? 네?"
소년의 엄마는 여전히 겁먹은 눈으로 자신을 쳐다보는 아들을,
정말이지 참을 수 없을 만큼 사랑스럽다는 듯이 바라보았다.

"우리 아들, 혼자 고민 많이 했겠구나. 하지만, 자. 보렴."

엄마가 윗옷 단추를 풀었다.

그와 동시에 아빠도 셔츠를 벗었다.

소년은 너무 놀라 소리도 지르지 못했다.

엄마 아빠의 가슴에도 구멍이 나 있었던 것이었다.

그것은 너무 커서 소년의 가슴에 난 구멍이 아주 우스워 보였다.

엄마는 찢어질 듯 눈을 부릅뜬 소년에게 말했다.

"잘 보렴. 우리도 심장이 없지? 심장이란 어릴 때는 있지만 어른이 되면 어느 날 갑자기 사라져 버리는 거란다."

"엄마 말이 맞아. 심장 따위 없어도 우린 아주 잘 살고 있지."

아빠가 거들었다.

"나이 들어서도 심장을 가진 사람이 있다면, 그 사람은 어른이라고 할 수 없어. 철이 없다고나 할까? 호호호."

"그럼요. 그런 사람은 아주 나약할 거예요! 심장 따위 있어 봤자 툭 하면 감상에나 빠지기 쉬우니까. 돈 벌고 성공하는 데 방해만 된다니까요! 호호호!"

"당연하지! 아주 쓸모없는 게 바로 심장이야! 하하하!"

소년의 엄마 아빠는 방 안이 무너질 듯 신나게 웃었다.

"이제 우리 아들도 어른이 된 거야. 드디어 어른이 됐어!"

"그러게나 말이에요! 호호호호호호!"

소년의 엄마 아빠는 여전히 멍하니, 어쩔 줄 모르고 서 있는 소년을 바라보며, 소년의 가슴에 난 구멍이 아주 자랑스럽다는 듯 계속 웃어 댔다.

소년은 심장이 있던 곳을 바라보았다.

그곳에 휑하니 나 있는 구멍 너머로 벽에 걸려 있는 시계가 보였다.

벽시계의 까만 바늘은 고요히 멈춰 서 있었다.

건전지 약이 다 닳은 모양이었다.

소년은 이제 어른이었다. 더 이상 소년이 아니었다.

열쇠로 가득 찬 심장

열쇠로 가득 찬 심장

빙그르르…… 두근두근…….

소년은 토할 것만 같았다.

숨을 아무리, 아무리 크게 들이쉬고 내뱉어도 가슴이 답답했다.

소녀는 소년을 사랑했다.

하지만 소녀에게는 심장이 하나만 있는 것이 아니었기에 소년만

을 사랑하는 것은 좀처럼 쉬운 일이 아니었다.

소녀는 소년에게 자기 가슴을 열 수 있는 열쇠를 주었다.

그래서 소년은 소녀의 심장 하나를 가질 수 있었다.

그러나 소년은 기쁘지 않았다.

소년은 소녀에게 있는 모든 심장을 얻고 싶었다.

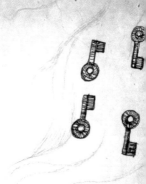

소년은 생각했다.

'소녀의 심장이 하나였다면, 그랬다면 얼마나 좋았을까?'

소년은 소녀가 자신의 손에 쥐어 준 열쇠를 바라보았다.

심장이 조여 오는 듯한 아픔이 느껴졌다.

그것이 어떤 느낌인지 소년은 확실히 알 수 있었다.

그렇게 시간이 흘렀다.

1년, 2년, 5년…….

소년은 소녀가 다른 소년들에게도 심장 열쇠를 주는 것을 지켜
봐야만 했다.

그럴 때마다 소년은 자신의 목에 줄을 달아 소중히 메달아 놓은
소녀의 심장 열쇠를 뜯어 내던져 버리고 싶었다.

하지만 소녀를 너무도 사랑하는 소년은 열쇠를 차마 버릴 수가
없었다.

단 하나지만 그것이 소녀에게 받은 전부였기 때문이었다.

소년은 소녀가 새로운 열쇠를 꺼내 소년들에게 줄 때마다 생각
했다.

'도대체 그녀에겐 몇 개의 심장이 있는 걸까? 이제 열쇠가 몇 개
나 남은 거지?'

소년은 소녀에게 화도 내 보았다.

심하게 다그치기도 했다.

자신을 좀 봐 달라고 눈물로 호소를 하기도 했다.

소녀의 손을 잡고 함께 멀리 떠나자고 애원도 해 보았다.

그럴 때마다 소녀는 소년의 눈을 잠시 바라보았다.

자신도 아프다는 듯이.

소년이 얼마나 아파하고 있는지 잘 알고 있다는 듯이.

그러다 곧 슬프게 미소를 지으며 다른 곳을 쳐다보았다.

소녀가 쳐다보는 곳에는 항상 소녀의 시선을 사로잡는 아름답고 화려한 것들이 있었다.

값비싼 옷, 눈부시게 빛나는 보석, 근사한 차. 그리고 깜짝 놀랄 만큼 잘생긴 소년, 미소가 멋진 소년, 매너가 좋은 매력적인 소년들이.

소년은 그들에게 서슴없이 다가가 심장 열쇠를 나눠 주는 소녀를 이해할 수가 없었다.

어떻게, 어떻게 심장이 한 개가 아닐 수 있을까?

소녀는 과연 사람이기는 한 것일까?

소년은 이제 소녀에게 화를 넘어 분노를 느끼기 시작했다.

소녀를 사랑하는 것만큼이나 소녀가 미웠다.

더 이상 다른 소년에게 심장 열쇠를 나눠 주는 소녀를 지켜보고 만 있을 수는 없었다.

소년은 어느 날 소녀에게 말했다.

"이제 그만하고 멀리 떠나자."

하지만 소녀는 슬픈 눈으로 잠시 소년을 쳐다볼 뿐이었다.

소녀의 시선은 곧 다른 곳으로 옮겨 갔다.

소년은 간절히 애원했다.

"마지막 부탁이야. 떠나자."

그러나 소녀는 소년을 쳐다보지도 않고 고개를 흔들었다.

소년은 미칠 것만 같았다.

소녀는 또다시 어떤 소년에게 열쇠를 주려 하고 있었다.

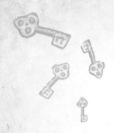

소년은 더 이상 어쩔 수 없다고 생각했다.

소녀의 심장을 모두 얻는 것은 불가능한 일이었다.

소년은 낯선 소년에게 다가가는 소녀를 잡아끌고 뒷산으로 올라
갔다.

소녀는 거칠게 몸부림을 치며 소년을 밀쳐 내려 했다.

소녀는 날카로운 손톱 끝으로 소년의 팔을 할퀴기까지 했다.

소년의 팔에서 피가 흘렀다.

화가 솟구친 소년은 목에 줄을 달아 매달아 놓은 열쇠를 뜯어 소
녀의 몸을 찔렀다.

그리고 소녀의 가슴을 열어 심장이 몇 개인지 살펴보았다.

하지만 소녀의 심장은 단 하나였다.

당황한 소년은 소녀의 심장을 열었다.

순간 심장 속에서 수많은 열쇠가 쏟아져 나왔다.

소녀의 심장을 가득 채우고 있는 것은 오직 열쇠뿐이었다.

단 한 마디

소년은 울었다.

열쇠로 가득 찬 심장을 가진 소녀를 사랑한 자신이 우스꽝스럽
게 느껴졌다.

허탈했고, 공허했다.

소년은 소녀를 양지 바른 곳에 묻고 산을 내려왔다.

공허함과 슬픔이 오랫동안 소년의 곁을 떠나지 않았다.

며칠이 지났을까.

햇빛이 눈부시게 빛나던 어느 날이었다.

갑자기 소년의 심장에서 반짝이는 무언가가 떨어졌다.

딸칵.

마치 그 소리를 기다렸다는 듯 반짝이는 무언가가 연이어 딸칵

딸칵 소리를 내며 떨어져 내렸다.

하나뿐인 소년의 심장에서도 열쇠들이 쏟아져 나오기 시작한 것

이다.

소녀를 사랑했을 때 소년의 심장은 그녀를 향한 사랑만으로 가득 차 있었다.

하지만 소녀를 잃고 상처받은 심장에는, 사랑이 빠져나간 심장에는 아무것도 남아 있지 않았다.

그리고 그 텅 빈 심장을 메워 줄 사람을 찾는 열쇠만이 무수히 만들어졌다.

소녀가 그랬던 것처럼.

세 개의 혀

세 개의 혀

소년의 혀는 두 개였다.
하나는 진실만을 말하는 '진실의 혀' 였고, 하나는 사람들에게
자신이 하는 말은 무엇이든 믿게 만드는 '마법의 혀' 였다.

어렸을 때 소년은 늘 진실만을 말했다.
그때는 혀가 하나뿐인 줄 알았다.
소년에게는 친구가 별로 없었다.
친구들은 선생님이 묻는 말에 곧이곧대로 대답하는 소년을 별로
좋아하지 않았다.

초등학교를 졸업하고 중학교에 올라가면서 소년은 철저하게 '왕
따' 가 되었다.

반 아이들은 드러내 놓고 소년을 괴롭혔다.
무시했고, 경멸했고, 입에 담긴 힘든 욕설을 퍼붓기도 했다.
심지어는 으슥한 곳으로 소년을 끌고 가서 때리기도 했다.

소년은 온갖 수모를 견디며 학교를 다녔다.
주먹질과 발길질보다 더 견디기 힘든 건 소년을 노려보는 아이
들의 묘한 표정과 말로 인한 매질이었다.

아이들은 꿈속에서도 나타나 소년을 들볶았다.
현실에서 벌어지는 상황과 꿈속에서 벌어지는 상황이 별반 다르
지 않았다.

밤새 아이들에게 시달리다 눈을 떠 보면 방 안이었다.

'이러다간 죽을 거 같아……'

소년은 너무나 답답했다.

학교에 가기 싫었다.

집을 나온 소년은 학교와는 정반대 방향으로 걸어갔다.

아이들이 교실에서 수업을 받는 동안 소년은 전철을 타고 돌아
다녔다.

그러다 학교가 끝날 시간에 맞춰 집으로 돌아왔다.

소년은 생각했다.

'내가 일주일이 넘도록 학교에 가지 않으면 선생님이 부모님에게 연락하시겠지. 그때 모든 사실을 털어놓아야지!'

그러나 참으로 이상한 일이었다.

소년이 학교에 가지 않은 지 한 달이 넘었는데도 부모님은 소년이 학교에 잘 다니는 줄 알고 있었다.

담임선생님이 소년의 부모에게 아무런 말도 하지 않았던 것이다.

소년의 계획은 보기 좋게 빗나가고 말았다.

중학교 졸업식 날, 담임선생님은 자애롭게 웃으며 소년에게 졸업장을 건넸다.

석 달 넘게 학교에 나오지 않은 소년에게.

순간 소년은 자신의 혀 밑에서 무엇인가가 솟아오르고 있다는 것을 알았다.

그것은 바로 진실의 혀 밑에 감춰져 있던 또 다른 혀였다.

또 다른 혀는 자리를 잡기가 무섭게 무서운 힘으로 진실의 혀를 내리눌렀다.

고등학생이 된 소년은 더 이상 '왕따'가 아니었다.
소년의 주변에는 친구들이 넘쳐흘렀다.
아이들은 소년과 친구가 되고 싶어 안달이었다.
모두 새로 자리 잡은 혀 때문이었다.
소년은 원하는 것들을 혀 하나로 얻어냈다.

소년이 주먹이 센 아이들에게 "나를 보호해 줘."라고 말하면 그
들은 순순히 그러겠다고 대답했다.
그들은 기쁜 마음으로, 기꺼이 소년의 경호원이 되어 주었다.

소년이 공부를 잘하는 아이들에게 "이 부분을 잘 모르겠는데 가
르쳐 줘."라고 말하면 그들은 웃으며 고개를 끄덕였다.
그들은 즐거운 마음으로, 기꺼이 소년의 과외 선생이 되어 주었다.

소년이 선생님들을 찾아가 이번 시험에는 어떤 문제가 나오느냐
고 물으면 그들은 마치 최면에 걸린 것처럼 술술 문제와 답을 알
려 주었다.
덕분에 소년은 뛰어난 성적으로 명문 대학에 입학할 수 있었다.

대학생이 된 소년의 주변에는 여전히 친구들이 득시글거렸다.
여학생들 사이에서도 소년의 인기는 최고였다.
아무리 콧대가 높은 여학생이라도 소년이 다가가 말을 걸기만
하면 금세 달콤한 미소를 지어 보였다.
소년의 혀는 '마법의 혀'였다.
소년도 그 사실을 알고 있었다.

봄이 지나고, 여름이 지나고, 가을이 지나갔다.
소년은 하루하루를 즐겁게 보냈다.
마법의 혀는 소년이 원하는 모든 것을 소년에게 안겨 주었다.

그 무렵 소년은 올스타전이 열리는 잠실야구장에서 우연히 한
여자를 만났다.

풍선 막대기를 두드리며 열심히 선수들을 응원하는 그녀는 눈이
부시도록 아름다웠다.
경기가 끝난 후 소년은 여자에게 다가가 말을 걸었다.
여자와 함께 온 친구들은 소년이 말을 걸자 웃으며 자리를 비켜
주었다.
그것은 아주 당연한 일이었다.

하지만 곧이어 놀라운 상황이 벌어지고 말았다.
여자가 차갑게 거절의 뜻을 내비치고 돌아선 것이었다.
소년이 말을 걸었을 때 등을 보인 사람은 그녀가 처음이었다.
소년은 깜짝 놀랐다.
'마법의 혀가 통하지 않는 사람도 있나?'

그날 이후로 소년은 매일 여자를 찾아갔다.

소년은 여자에게, 이 세상에서 가장 행복한 사람으로 만들어 주
겠다는 달콤한 약속과 함께 죽을 만큼 사랑한다는 말을 수없이
퍼부었다.
그래도 여자는 아무런 반응을 보이지 않았다.
소년이 흥분된 얼굴로, 소리 높여 온갖 멋진 말들을 늘어놓을 때
면 여자는 성가시게 구는 파리를 물리치듯 간단한 손짓으로 소
년의 말을 끊어 버리곤 했다.

소년은 창피했다.
견딜 수 없을 정도로 창피했다.
'도대체 왜 그녀에게는 마법의 혀가 통하지 않는 것일까?'

소년은 더 이상 여자에게 다가가지 않았다.

그렇다고 사랑을 포기한 것은 아니었다.

소년은 흥신소 직원처럼 조심스럽게 여자의 뒤를 밟기 시작했다.

여자가 언제 학교에 가는지, 누구를 만나는지, 무슨 일을 하는지

지켜보았다.

놀라운 일이었다.

믿기 힘든 일이었다.

마법의 혀는 소년에게만 있는 것이 아니었다.

여자도 마법의 혀를 가지고 있었다.

그제야 소년은 여자의 태도를 이해할 수 있었다.

여자는 이미 알고 있었던 것이다.

며칠을 고민하던 소년은 결단을 내리고 여자를 찾아갔다.

마법의 혀가 통하지 않는다면, 그렇다면 지난 몇 년 동안 사용하지 않았던 진실의 혀를 꺼낼 생각이었다.

소년에게는 이상한 믿음이 있었다.

'그녀가 내 진심을 알게 되면 나를 받아 줄 거야. 분명해!'

하지만 진실의 혀도 그녀에게는 통하지 않았다.

그녀는 안쓰러운 표정으로, 조용히 소년에게 말했다.

"이제 그만해."

"넌, 내 말을, 내 말을 더 들어야 해!"

소년은 돌아서려는 여자를 붙잡고 사정했다.

"됐어!"

여자는 차갑게 내뱉으며 소년의 손을 뿌리쳤다.

그때였다.

소년의 입안에서 또 다른 혀가 두 개의 혀를 뚫고 솟아오른 것은.

"별것도 아닌 주제에 잘난 척하기는."

소년이 팔짱을 낀 채 비웃었다.

소년의 음성은 지독히 차가웠다.

여자의 목소리가 얼음 같았다면 소년의 목소리는 찬바람이 무섭게 부는 시베리아 벌판 같았다.

여자는 놀란 눈으로 소년을 쳐다보았다.

"웃기는 눈이군. 뭘 그리 놀래? 넌……"

소년의 입에서는 여자를 모욕하는 말들이 줄줄이 새어 나왔다.

여자의 부모에 대해서, 여자의 자매에 대해서, 여자에 대해서.

여자의 얼굴에 대해서, 여자의 몸에 대해서, 여자의 생각에 대해서.

면도날처럼 날카롭고, 인두처럼 뜨거운 말들이 여자의 마음을 갈기갈기 찢고 또 짓이겼다.

마침내 여자의 입에서 용서를 비는 언어가 새어 나왔다.

"그만해요, 알았어요. 제가 잘못했어요."

그제야 소년은 말의 고삐를 잡았다.

소년은 크게 웃으며 소리쳤다.

"크하하하, 네가 원하는 게 이거였나? 이런 거였어?"

여자는 대답 대신 고개를 푹 숙였다.

소년은 하인처럼 다소곳해진 여자를 힘주어 끌어안았다.

여자는 이제 마음대로, 함부로 해도 되는 대상이었다.

소년은 마법의 혀보다 더 강한 것이 바로 '독설의 혀'라는 것을
알았다.

그러나 '독설의 혀'로 인해 자신이 이룬 모든 것을 한순간에 잃
게 되리라는 것은 모르고 있었다.

15년 후.

대학을 졸업하고 방송국 기자가 된 소년은 여당의 공천을 받아 자신이 태어난 지역에서 국회의원에 출마했다.

소년의 당선은 유력해 보였다.

소년은 그동안 사회에서 소외된 사람들의 답답한 가슴을 후련하게 풀어 주는 특종을 여러 번 터트렸고, 그로 인해 사람들에게 영웅과도 같은 대접을 받고 있었다.

예상했던 대로 지역민들의 마음은 소년에게 쏠렸다.

소년의 당선을 의심하는 사람은 아무도 없었다.

소년은 투표를 앞두고 방송국에 나가 후보 연설을 했다.

아내와 함께 자신이 다니던 방송국에 도착한 소년은 낯익은 사람들과 인사를 나누고 연설을 하기 시작했다.

"예전에 기자로 일하던 곳에서 국회의원 후보로 연설을 하게 되니 감회가 무척 새롭습니다."

그러나 거기까지였다.

소년의 혀가 독설의 대상으로 삼은 것은 다른 후보자들이 아니었다.

바로 소년 자신이었다.

혀는 미친 듯이 소년의 부모를 조롱했다.

소년의 형제들, 소년이 자라온 삶을 갈기갈기 찢어 놓았다.

그때 소년은 보았다.

카메라 뒤에서 자신을 지켜보고 있던 아내가 소리 죽여 웃고 있는 모습을.

그녀는 당황해서 자신의 입을 틀어막으려는 소년을 묘한 표정으로 바라보고 있었다.

소년의 머릿속에 문득 아내에게 독설을 퍼붓던 15년 전의 일을 떠올랐다.

생명을 주는 알약

생명을 주는 알약

소년은 혼자였다.

소년의 엄마는 소년이 일곱 살 때 위암에 걸려 세상을 떠났다.
소년의 아빠는 소년이 열 살 때 교통사고를 당해 세상을 떠났다.

소년은 알 수 없었다.
왜 사람들은 죽는 걸까?

고아가 된 소년을 거둔 사람은 바닷가에 사는 엄마의 여동생이
었다.
이모와 이모부는 민박집을 하고 있었다.
손님들 잔심부름은 소년의 몫이었다.

이모는 많이 아팠다.
기침 소리가 무섭게 느껴질 정도였다.

바쁜 여름이 막 지나갈 무렵이었다.
낯선 중년의 남자가 낡은 차를 몰고 이모의 민박집을 찾아왔다.
남자는 아침 일찍부터 저녁 늦게까지 낚시를 했다.
하지만 고기는 단 한 마리도 잡지 못했다.
남자의 잔심부름 역시 소년의 몫이었다.

일주일이 지났다.

아침 일찍 낚싯대를 들고 바닷가로 나간 남자는 점심때부터 술을 마시기 시작했다.

남자의 술심부름 역시 소년의 몫이었다.

서서히 해가 기울었다.

분홍빛 노을이 하늘에 번졌다.

남자의 얼굴에도 분홍빛 노을이 내려앉았다.

이제 어둠이 찾아올 시간이었다.

하지만 남자는 일어설 생각을 하지 않았다.

밤이 깊어 갔다.

분홍빛 노을이 물러난 하늘에는 엄마 눈처럼 반짝이는 별들이
나타나 자기들끼리 키득거리며 수다를 떨고 있었다.

말없이 술을 마시던 남자가 마침내 입을 열었다.

"너라면 어떻게 하겠니?"

"네?"

뜻밖의 질문을 받은 소년은 멍하니 남자를 쳐다보았다.

"10년 전이야."

남자가 다시 말했다.

남자는 소년이 아니라 자기 자신에게 말을 하고 있는 것 같았다.

소년은 엄마 눈처럼 반짝이는 별들을 쳐다보았다.

이모의 눈을 닮은 별도 있었다.

잠시 후 남자의 목소리가 들려왔다.

그래. 10년 전이었어.

의대 졸업반이었던 고등학교 동창을 만나면서 처음으로 생명 프로젝트를 구상하게 되었지.

나는 어렸을 때부터 이 세상의 주인이 되고 싶어 했었어.

그것은 참으로 아름다운 욕망이었지.

칭기즈칸이나 나폴레옹, 히틀러도 이루지 못했던 꿈, 전 세계를 내 손에 쥐고 흔드는 것.

친구는 당시 생명을 연장시키는 약을 개발하고 있었어.

나는 돈으로 친구를 내 편으로 끌어들였지.

다행히 우리 집은 돈으로는 누구에게도 지지 않을 만큼 부자였거든.

돈으로 세상을 지배해 보겠다는 생각을 할 정도로 말이야.

나는 친구에게 근사한 연구소를 마련해 주었지.

친구가 원하는 것은 무엇이든 다 들어주었어.

친구는 교수들은 물론 선후배, 심지어 친한 동기들조차 콧방귀를 끼는 작업에 기꺼이 돈을 대주는 나를 은인으로 여겼지.

하지만 내가 무엇 때문에 자신을 돕는지, 그 이유는 모르고 있었어.

소년은 남자가 무슨 말을 하는지 알 수 없었다.
그저 바람 소리라고 생각하고 얌전히 들었다.

나는 생각했어.
지금 각 나라 정치 경제를 움켜쥐고 있는 사람들은 대부분 나이
가 많다.
그들을 조종할 수 있는 건 무엇일까?
돈? 여자? 권력?
아니다.
그것들은 이미 모두 진저리가 날 만큼 충분히 맛본 것들이다.
그들이 원하는 건 단 하나, 영원한 삶일 것이다.
내 친구는 진시황제가 그렇게 찾아 헤맸다던 불로초를 만들려
하고 있다.
그는 반드시 해낼 것이다.
나는 그의 명석한 두뇌와 성실성을 믿는다.

물론 제법 많은 시간이 걸릴 것이다.

허나 어쨌든 내가 죽기 전에만 약이 만들어지면 된다.

그것을 이용해 내 생명을 연장시킬 수 있을 테니까.

그다음은 아무 문제없다.

약이 완성되면 나는 그 알약을 몹쓸 병에 걸려 죽을 날만을 기다리는 지배층 인사들에게 보낼 것이다.

처음에 그들은 약과 함께 이 약이 당신의 생명을 연장시켜 줄 것이라는 내용의 편지를 받고 화를 낼지도 모른다.

'어떤 미친놈이 이런 장난을 치는 거야!'

하지만 약의 놀라운 효능을 알고 난 후부터는 스스로 나를 찾아와 무릎을 꿇을 것이다.

마음 깊숙이 머리를 조아릴 것이다.

너무나 당연한 일이지 않은가.

그들의 생명을 좌지우지할 수 있는 힘이 신에게서 내게로 넘어온 이상, 이제 그들의 신은 나인 것이다.

어디서 무슨 일을 하고 있던 그들은 내가 부르기만 하면 개처럼 꼬리를 흔들며 달려올 것이다.

내 명령 한 마디면, 내게서 새로운 생명을 얻은 그들은 자신과 비슷한 처지에 있는 사람들을 끊임없이 끌어들일 것이고, 나는 아주 쉽게 이 나라를 손에 넣을 수 있을 것이다.

그런 다음 나는 그들의 충성심을 이용해 가까운 나라 일본을, 중국을, 아시아 전 국가를, 유럽 전 국가를, 소련과 미국을 내 발 아래 무릎 꿇게 할 것이다.

소년은 남자의 목소리가 바람이 아니라 물결 소리 같다고 느꼈다.

나는 곧 내 손과 발이 되어 줄, 각 나라 언어에 능통한 남녀 사원 30명을 뽑았어.

그리고 내가 만든 회사 부속 기관인 국제정세연구소로 보냈지.

각 나라의 정세를 파악하여 나에게 보고하는 일이 그들의 임무야.

하지만 그들 또한 내 계획이 무엇인지는 전혀 모르고 있어.

내 친구가 약을 완성한 것은 6개월 전이야.

물론 임상 실험도 거쳤지. 약은 완벽해.

문제는 친구 녀석이 내 계획을 눈치 챘다는 거야.

녀석은 자신의 약을 가난하고 약한 사람들을 위해 쓰고 싶어 해.

참으로 바보 같은 놈 아닌가?

내 도움이 없었다면 녀석은 결코 약을 완성시키지 못했을 거야.

그런 면에서 보면 약을 사용할 수 있는 권리는 전적으로 내게 있는 셈이지.

어쨌든 나는 이제 결론을 내렸어.

녀석을 계속 가둬 두기로.

영원히!

어차피 큰 뜻을 이루기 위해선 작은 희생 하나쯤은 필요한 법이니까.

녀석의 간청을 받아들여 인류의 건강한 삶을 위해 크게 기여한, 그저 훌륭한 사람으로 세상에 이름 석 자를 남길까 고민도 했었지.

하지만 그러기엔 내 야망은 너무 크고 확실하단 말이야.

사실 살아 봐야 아무런 도움도 되지 않는 인간들,

이를테면 알코올 중독자나 마약 중독자 같은 인간들에게까지 약을 나누어 주면 이 세상은 큰 혼란에 빠지게 될 거야.

세상이 얼마나 지저분해지겠나?

안 그런가?

세상은 보다 나은 미래를 꿈꾸고, 꿈을 이루기 위해 애쓰는 사람들의 몫이야.

내가 직접 세계를 지배하려는 이유도 바로 그것 때문이지.

자, 이제 돌아갈 때가 된 것 같군.

남자가 일어섰다.

남자는 웃옷 주머니에서 작은 통 하나를 꺼냈다.

"받아."

남자가 뚜껑을 열고 비타민처럼 생긴 알약을 꺼내 소년에게 주었다.

"어서!"

소년은 잠시 망설이다 남자가 내민 알약을 받았다.

"이 약, 잘 간직하고 있거라..결정적일 때 네 생명을 일 년 정도는 연장시켜 줄 테니까."

남자는 통을 다시 주머니에 넣고 낚싯대를 버려 둔 채 민박집을
향해 비틀비틀 걸어갔다.
소년은 어둠 속으로 사라지는 남자의 뒷모습을 물끄러미 바라보
았다.
남자가 가지고 있는 약통에는 무수히 많은 알약이 들어 있었다.

소년은 뾰족한 돌멩이를 집어 들고 조용히 남자의 뒤를 따라갔다.
약이 필요한 사람은 남자가 아니었다.

소년은 정말 알 수 없었다.
왜 사람들은 죽는 걸까?

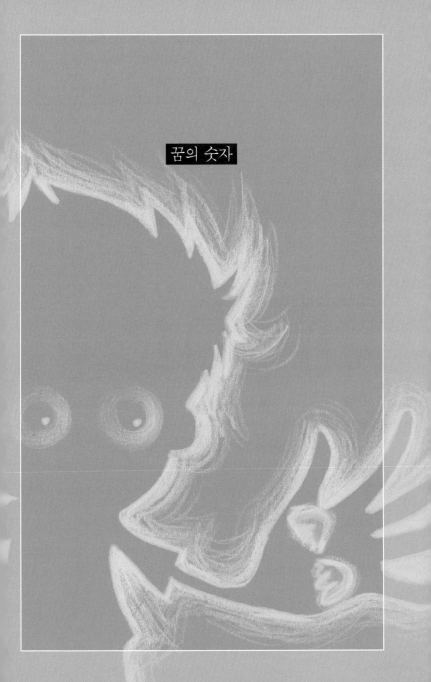

꿈의 숫자

꿈의 숫자

소녀는 늘 아빠 옆에 붙어 있었다.
소녀에게는 아빠뿐이었다.
아빠는 엄마에 대해서는 한 마디도 하지 않았다.

아빠의 유일한 즐거움은 로또 복권을 사고, 추첨 방송을 보는 것
이었다.
아빠의 얼굴은 복권을 살 때 희망으로 넘쳐흘렀다.

방송을 볼 때도 마찬가지였다.
하지만 방송이 끝난 후의 아빠 얼굴은 실망으로 넘쳐흘렀다.

소녀는 아빠가 즐거워하는 모습을 보는 것이 좋았다.
아빠가 사인펜으로 로또 용지에 표시를 할 때면 괜히 마음이 설렜다.

소녀는 진심으로 아빠를 응원했다.
'하느님, 아빠의 소원을 이루어 주세요.'
하지만 소녀의 응원은 별 효과가 없는 듯했다.

소녀는 토요일 저녁마다 아빠가 실망하는 모습을 봐야만 했다.

그러던 어느 날이었다.

아빠 옆에서 로또 추첨 방송을 보던 소녀의 머릿속에서도 여러 개의 공들이 빠르게 움직이기 시작하더니 곧 하나의 공이 빠져 나왔다.

3.

소녀는 머릿속에 떠 있는 공의 숫자를 읽었다.

순간 텔레비전 속 둥그런 기계에서도 공이 빠져나왔다.

그 공의 숫자는 놀랍게도 소녀의 머릿속에 떠 있는 공의 숫자와 똑같았다.

23.

소녀는 또다시 빠져나온 공의 숫자를 읽었다.

곧이어 텔레비전 속 둥그런 기계에서도 같은 숫자의 공이 빠져 나왔다.

12, 9, 36, 45.

단 한 마디

소녀는 처음에는 꿈을 꾸는 줄 알았다.

아빠의 소원을 이루어 주고 싶은 마음이 너무 강해 헛것이 보이는 줄 알았다.

그러나 몇 주째 같은 상황이 되풀이되자 꿈은 아니라는 생각이 들었다.

'하지만 어쩌겠어. 숫자들을 미리 알지 못하는걸.'

소녀는 몹시 안타까워했다.

'꿈이든 헛것이든 하루만 더, 아니 몇 시간만 더 일찍 숫자를 볼 수 있으면 얼마나 좋을까. 그럼 아빠의 얼굴에서 웃음이 떠나지 않을 텐데……'

한 달이 지나고, 두 달이 지났다.

아빠의 화물차는 자주 아팠다.

병이 나아도 힘차게 달리지 못했다.

연기도, 소음도 심하게 났다.

화물차는 노인처럼 밭은기침을 토해 내다 어느 날 길거리에서
숨을 거두고 말았다.

그날은 금요일이었다.

소녀는 선 채로 잠든 화물차 바퀴를 물끄러미 바라보았다.

바퀴는 소녀의 머릿속에서 천천히 회전하기 시작했다.

그러더니 곧 바퀴 안에서 파란색 공이 하나, 둘 튀어나왔다.

"21, 9, 27, 40, 38, 44!"

소녀는 자신이 본 숫자들을 잊어버리지 않으려고 외우고, 또 외
웠다.

집으로 돌아오면서 소녀는 아빠에게 이러저런 이야기를 들려 주었다.

복권에 관계된 이야기였다.

아빠는 미심쩍어하면서도 가게에 들러 소녀가 알려 준 번호를 샀다.

집에 돌아온 소녀는 밤새 잠을 이룰 수 없었다.

아침에 일어나 보니 아빠도 잠을 못 잤는지 눈이 벌겠다.

소녀와 아빠는 아침부터 텔레비전 앞에 앉아 저녁이 오기만을 기다렸다.

시간은 정말이지 굼벵이처럼 느리게 흘러갔다.

하지만 아빠의 얼굴에는 희망이 가득 차 있었다.

소녀는 그 모습을 보고 기분이 좋았지만 한편으로는 걱정도 되었다.

'내 생각이 잘못된 거면 어쩌지?'

소녀는 실망하는 아빠를 보는 것이 두려웠다.

마침내 로또 추첨 방송이 시작되었다.

1초, 1초가 마치 하루 같았다.

공들이 어지럽게 기계 안을 돌아다니다 하나 둘 빠져나왔다.

아빠가 흥분된 목소리로 소리쳤다.

"21, 9, 27, 40, 38, 43, 보너스 11."

아쉽게도 숫자는 5개만 맞았다.

소녀는 풀죽은 목소리로 말했다.

"죄송해요, 아빠, 43을 44로 잘못 본 것 같아요."

"아니다, 얘야. 괜찮다. 괜찮아, 아하하하하."

아빠는 즐거운 듯 크게 웃었다.

"3등이라도 어디냐. 130만 원이야! 복권에 당첨된 건 머리에 털 나고 처음이다, 아하하하하."

소녀는 기뻐하는 아빠를 보자 덩달아 기분이 좋아졌다.

당첨금을 찾은 아빠는 그 돈으로 복권을 100개나 샀다.

"숫자 5개를 맞추면 100만 원 정도의 당첨금이 나오잖니? 100만 원이 100개면 1억이야. 숫자 4개를 맞춰 4등이 된다 해도 5만 원이 100개니 500만 원이야!"

소녀의 아빠는 금요일마다 소녀가 알려 주는 복권을 샀다.

이상하게도 소녀는 매번 숫자 하나를 잘못 읽었다.

하지만 아빠 통장의 금액은 일주일마다 늘어났다.

아빠는 돈이 생기자 소녀 곁에 있지 않았다.

소녀가 알지 못하는 다른 곳에 있었다.

소녀는 하루 종일 혼자 집에 있어야 했다.

심심했고, 외로웠고, 슬펐다.

가장 슬픈 것은 아빠 얼굴에서 희망의 빛이 사라졌다는 것이었다.

소녀는 금요일마다 잠깐씩 들르는 아빠를 곁에 두게 하기 위해 일부러 자신이 본 것과는 다른 숫자를 말했다.

아빠는 처음 한 번은 그냥 넘어갔다.

두 번째는 약간 짜증을 냈다.

세 번째는 화를 냈다.

그러다 네 번째마저 당첨금을 한 푼도 받지 못하게 되자 소녀를 무서운 눈으로 노려보았다.

"너, 일부러 이러는 거지?"

아빠가 물었다.

소녀는 아무 말도 할 수 없었다.

"이유를 말해 줄래? 무엇 때문인지?"

한참 소녀를 노려보던 아빠가 태도를 바꿔 달래듯 물었다.

소녀는 울면서 속마음을 털어놓았다.

"그랬구나. 그랬었구나. 미안하구나, 얘야."

아빠는 소녀는 끌어안고 소녀의 머리를 부드럽게 쓰다듬어 주었다.

소녀의 삶에서 가장 즐거운 일주일이 시작되었다.

일요일에 아빠는 소녀를 놀이공원에 데려갔다.

맛있는 것도 많이 사주었다.

월요일에는 영화관에, 화요일에는 아쿠아리움에 데려갔다.

수요일에는 아예 렌터카를 빌려 소녀를 옆에 태우고 여행을 떠났다.

금요일 오후에 서울로 돌아올 때까지 소녀는 더없이 행복한 시간을 보냈다.

토요일 아침.

달콤한 잠에서 깨어난 소녀는 목이 빠져라 자신을 쳐다보고 있는 아빠에게 숫자를 말하기 시작했다.

"16, 8, 27, 23, 13, 41."

아빠는 숫자를 듣자마자 집을 뛰쳐나갔다.

소녀는 달려가는 아빠의 뒷모습을 슬픈 눈으로 바라보았다.

소녀가 말한 숫자들이 실제로 소녀가 본 것인지, 아닌지는 소녀만이 알고 있었다.

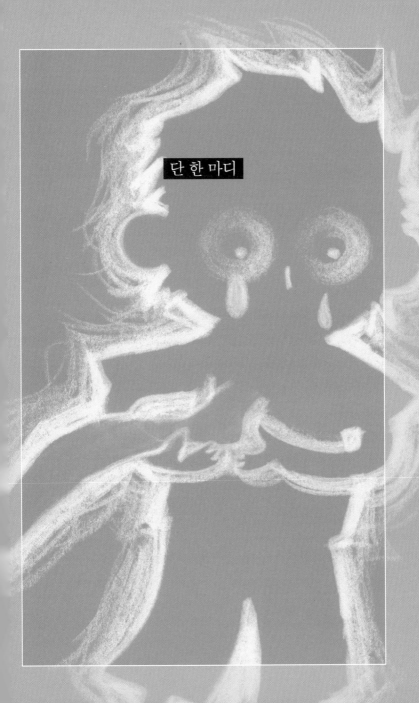

단 한 마디

단 한 마디

아이가 없는 엄마는 매일매일 하늘에 계신 신에게 아이를 낳게
해 달라고 기도를 올렸습니다.
수없이 많은 날들을 열심히 기도한 덕분인지 마침내 엄마에게
아이가 생겼습니다.

엄마는 아이를 낳을 때까지 조심조심 행동했습니다.
아이는 엄마 뱃속에서 무럭무럭 자라났습니다.
아이가 태어나자 엄마는 정성을 다해 아이를 키웠습니다.
그러나 아이는 세 살이 넘어도, 네 살이 넘어도 말을 하지 않았습
니다.
아이가 말을 하지 못한다는 것은 엄마에게는 참으로 슬픈 일이
었습니다.

엄마는 아이를 데리고 병원에 가 보았습니다.

하지만 의사는 아이가 말을 하지 못하는 원인을 알아내지 못했습니다.

이름 있는 한의원에도 가 보았지만 역시 속 시원한 해답을 듣지 못했습니다.

그러던 어느 날 꿈속에 천사가 나타나 엄마에게 말했습니다.

"네 아이는 평생 단 한 마디밖에 하지 못할 것이다. 그 한 마디가 아이를 행복하게 만들 수도 있고, 아이의 목숨을 구할 수도 있으니 네가 잘 살펴서 알려 주어라."

잠에서 깨어난 엄마는 그때부터 아이에게 해 줄 말을 생각하기 시작했습니다.

사랑합니다.

당신은 누구보다 소중해요.

당신이 있어 행복해요.

감사해요.

예뻐요.

아름다워요.

수많은 말들이 머릿속에 떠올랐지만 엄마는 정확한 판단을 내릴
수 없었습니다.
앞으로 아이에게 무슨 일이 생길지 알 수 없었기 때문입니다.

'단 한 마디, 그 한 마디가 아이를 행복하게 만들 수도 있고, 아
이의 목숨을 구할 수도 있다고 했는데 과연 어떤 말이 아이에게
필요할까?'
엄마는 여러 가지 상황을 생각해 보았습니다.

학교 갔다 돌아오는 길에 납치범을 만날 수도 있는 일이었습니다.
술주정뱅이를 만날 수도 있고, 무서운 강도를 만날 수도 있었습
니다.
아이가 커서 사랑하는 사람을 만날 수도 있고, 많이 사랑하는 그
사람과 헤어질 수도 있었습니다.
"그때, 목숨이 위태로운 순간이나 가슴 아픈 이별의 순간에 어떤
말을 해야 목숨을 구할 수 있고, 또 행복해질 수 있을까?"
엄마는 또다시 아이에게 해 줄 말을 찾기 시작했습니다.

당신을 용서합니다.

죄송합니다.

배고파요.

내가 잘못했어요.

때리지 마세요.

웃어요.

친구가 되고 싶어요.

아이는 점점 커 가고, 엄마는 점점 늙어 갔습니다.

얼굴의 주름살이 깊어지면서 엄마의 고민도 더욱더 깊어만 갔습니다.

아이에게 필요한 단 한 마디를 미처 생각해 내지 못했기 때문입니다.

마침내 하늘나라에서 엄마를 불렀습니다.

이제는 더 머뭇거릴 시간이 없었습니다.

엄마는 아이를 불러 앞에 앉혀 놓고 그토록 오랫동안 생각해 왔던 단 한 마디를 들려주었습니다.

"……"

여러분이 부모라면, 아이에게 어떤 말을 들려주시겠습니까?

손바닥에 돋아난 날개

손바닥에 돋아난 날개

소년은 손바닥을 벅벅 긁었다. 너무나 간지러웠다.

소년이 왼쪽 손바닥이 가렵다고 생각해서 긁어 대기 시작한 지
도 벌써 일주일이 넘었다.

소년은 손바닥을 긁다 말고 이상한 느낌이 들어 자세히 들여다
보았다.

손바닥에 작고 붉은 뾰루지 같은 것이 돋아나 있었다.

소년은 손바닥이 가려운 이유가 바로 이 뾰루지 때문이라고 생
각했다.

소년은 잠들기 전에 뾰루지를 없애는 연고를 듬뿍 바르고, 혹시
나 자는 동안 연고가 이불에 다 닦일까 봐 커다란 반창고를 붙여
버렸다.

다음 날 아침, 눈을 뜬 소년은 화장실에 들어가 세수를 하려고 손
바닥에 붙인 반창고를 떼어 냈다.
순간 소년은 목젖이 이빨에 닿을 만큼이나 크게 소리를 질러 버
렸다.
"아아아아아아아악! 이게 뭐…… 뭐야?"
소년의 왼쪽 손바닥에는 작은 한 쌍의 날개가 돋아나 있었다.
소년은 날개를 바라보며 이건 헛것이 틀림없다고 생각했다.

그때 밖에서 엄마가 큰 소리로 물었다.

"왜 그래? 아침부터 무슨 일이야?"

"아, 아무 일도 아니에요. 화장실 바닥이 미끄러워 넘어졌어요."

"그러게 조심했어야지!"

"네. 다음부터는 조심할게요."

소년은 태연하게 대답했지만 속으로는 몹시 놀라고 있었다.
펄쩍펄쩍 뛰고 소리를 질러도 모자랄 정도였다.

소년은 애써 마음을 가라앉히고 오른손을 들어 왼쪽 손바닥에
돋아나 있는, 새하얀, 갓 태어난 아기 새의 날개를 꼭 닮은 보송
보송한 털들을 조심스레 만져 보았다.

'이런…… 정말…… 진짜다!'

소년은 오른손으로 새하얗고 조그마한 날개 한 쌍을 움켜쥐었다.

꾹!

소년은 날개를 쥔 엄지와 검지에 힘을 주고, 숨을 짧게 들이마셨다.

훅!

그러고는 날개를 세게 잡아당겼다.

"악!!! 아파 아파 아파 아파 아파 아파!!!!"

소년은 찔끔 눈물을 흘렸다. 정말이지 너무 아팠다.

"흐흑."

소년은 그만 울어 버렸다.

'이건 뭐 얼굴에 여드름이 난 것도 아니고 난데없이 웬 날개가 생긴 것인가? 그것도 하필이면 왼쪽 손바닥에?'

소년은 덜컥 겁이 났다. 도무지 이해할 수 없는 일이었다.

'차라리 등에 났으면 날아다닐 수 있었을지도 모른다. 그래서 친구들의 부러움을 샀을지도 모른다. 하지만, 하지만 왼쪽 손바닥이라니, 참……'

소년은 황급히 화장실을 나와 자기 방으로 들어갔다.

소년이 손바닥의 날개를 만지작거리며 한참을 어이없어 하고 당혹스러워하고 있을 때 어머니가 부르는 소리가 들렸다.

소년은 깜짝 놀라 왼손을 꼭 쥐고 소리쳤다.

"저 옷 갈아입고 있어요. 곧 나갈게요!"

거의 한쪽 손만으로 바지와 웃옷을 벗고 입는 것이 쉬운 일은 아니었지만 소년은 옷을 갈아입는 내내 꼭 쥔 왼손을 펴지 않았다. 왼쪽 손바닥을 열면 방문 너머에 있는 엄마에게 들킬 것만 같았기 때문이었다.

소년은 이 순간만큼은 엄마가 방문 너머까지 볼 수 있는 투시력을 갖고 있다고 느꼈다.

옷을 갈아입고 방을 나온 소년은 엄마의 잔소리를 들으며 밥을 먹는 동안에도 왼손을 식탁 밑으로 내려놓고 꼭 쥔 채 아무 말도 하지 않았다.

소년은 밥을 다 먹자마자 도망치듯 집에서 나와 학교를 향해 뛰었다.

소년은 더 이상 집이 보이지 않는 곳에 와서도 마음이 놓이지 않는지 좀 더 뛰다가 겨우 멈춰 섰다.

소년은 길게 한숨을 내쉬었다.

소년의 온몸에서 김이 폴폴 피어올랐다.

소년은 자신의 머리 위에서는 물론 눈에서도 김이 나는 것 같다고 느꼈다.

아직 추위가 채 가시지 않은 초봄인 데다 소년의 몸에서는 지금 폭발할 듯이 열이 나고 있으니 그렇게 느끼는 것도 당연한 일이었다.

소년은 간신히 몸이 가려지는 작은 나무 뒤에 숨어 지금까지 꾹 쥐고 있던 손바닥을 조심스레 펴 보았다.

그러나 너무 힘을 주어 쥐고 있었기 때문인지, 아니면 손바닥을 열어 보는 것이 내심 두려웠기 때문인지 좀처럼 손가락이 펴지지 않았다.

소년은 결국 오른손으로 왼쪽 손가락을 하나하나 펼쳤다.

그러면서 소년은 지금까지 저지른 잘못을, 아주 작은 것까지도 모두 용서를 빌었고, 간절한 마음으로 날개가 없기를 기도했다.

하지만 손가락을 펴자 아침에 그토록 소년을 놀래 켰던 날개가
버젓이 모습을 드러냈다.
소년이 꼭 쥐고 있었던 탓에 땀에 젖은 작은 날개는 갓 태어난
병아리의 그것과 너무 닮아 있었다.

소년은 속이 울렁거려 크게 심호흡을 했다.
일곱 살 때 작고 노란 금귤 한 바구니를 끌어안고 모두 먹은 후
이틀 내내 토했을 때만큼이나 속이 좋지 않았다.
아니, 그때보다 더 안 좋았다.
손바닥에 홍건히 배어 있는 땀에 젖어 한 쌍의 날개가 축 처지고
이상하게 비틀어져 있었던 것이다.
마치 비온 땅에 죽은 채 젖어 있는 병아리의 뒷모습을 보는 듯
했다.

소년은 끔찍해서 죽을 것 같다는 표정으로 날개를 바라보았다.

'정말이지 토할 거 같아……. 왜 하필 이런 일이 나한테…….'

순간 소년은 깜짝 놀라고 말았다.

소리를 지르지 않은 것이 기적이라고 해도 과장된 표현이 아니었다.

소년의 왼쪽 손바닥에 돋아난 날개가 소년과는 상관없이 제멋대로 움직이고 있었던 것이다.

속이 메슥거렸다.

소년은 오른손으로 입을 틀어막고 소리 죽여 울면서 왼손을 높이 치켜들고 흔들어 댔다.

마치 손바닥에 달라붙은 벌레를 털어 내려는 것처럼.

소년은 그렇게 하면 날개가 떨어질 거라고 믿고 열심히 손을 흔들어 댔다.

그때였다.

어디선가 이상한 소리가 들렸다.

"파닥."

'이건 또 무슨 소리야?'

소년은 동작을 멈추고 손바닥을 쳐다보았다.

소년은 정말 미칠 것만 같았다.

소년의 손바닥에 돋아난 날개가 소년이 손을 흔들어 대자 그에

자극을 받은 듯 파닥파닥 날갯짓을 하는 것이 아닌가?

소년은 집에서 나오기 전에 정신없이 입안으로 밀어 넣었던 밥
알들이 배꼽 언저리에서부터 심장 근처까지 뼁튀기되어 가고 있
는 듯한 느낌을 받았다.
그 밥알들은 곧 총알처럼 입 밖으로 튀어나올 것이었다.
소년은 허리를 숙이고 한참 동안 속에 있는 것들을 토해 냈다.
몹시 어지러웠다.
그 순간에도 소년의 손바닥에 돋아난 날개는 계속 퍼덕이고 있
었다.

병아리를 사 온 사람은 물론 소년이었다.
하지만 병아리를 죽게 만든 것은 소년이 아니었다.
그날은 비가 너무 많이 왔었다.

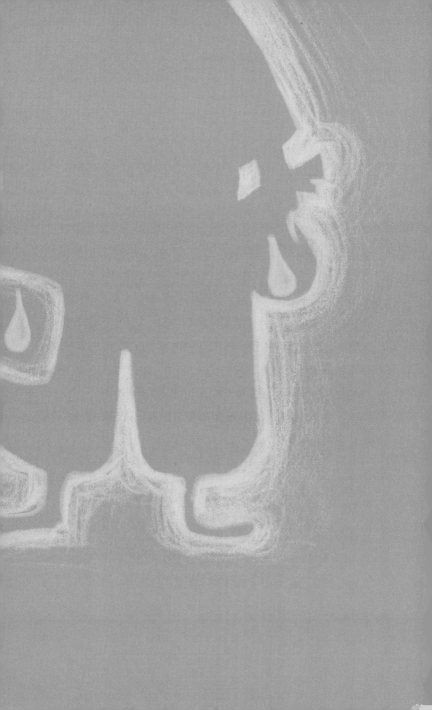

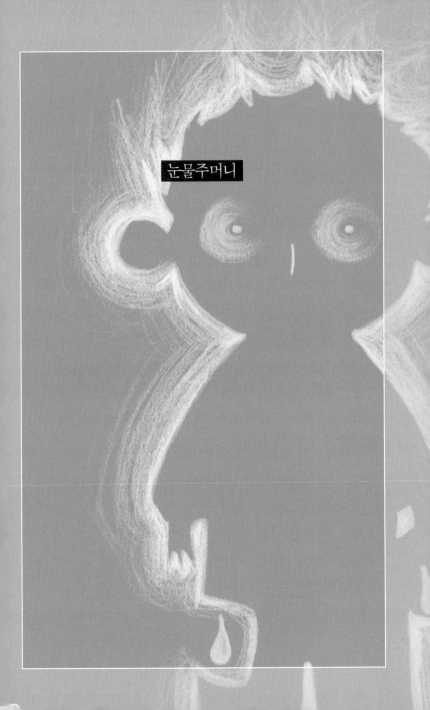

눈물주머니

눈물주머니

소년은 모릅니다.

자신에게 언제부터 눈물주머니가 있었는지.

눈물주머니는 매우 쓸모가 있었습니다. 일일이 다 말을 할 수가 없을 정도로 말입니다.

어쨌든 눈물주머니 덕분에 소년은 울고 싶을 때면 마음껏 눈물을 흘릴 수 있었으니까요.

소년이 눈물주머니를 처음 사용한 것은 친구가 소년 앞에서 펑펑 울었을 때였습니다.

소년은 친구가 너무 가여웠습니다.

혼자 우는 것이 창피하진 않을까, 걱정도 되었습니다.

소년은 생각했습니다.

'내가 친구와 같이 눈물을 흘려준다면, 친구는 내가 정말 자신을 진심으로 걱정해 준다고 생각하지 않을까?'

소년은 친구가 안타깝기도 하고, 걱정이 되기도 해서 두 손을 꼭 움켜쥐었습니다.

그때였습니다.

꿀렁, 하는 왠지 썩 좋지 않은 기분이 느껴졌습니다.

그것은 마치 소년이 지금보다 어렸을 때, 오랫동안 차를 타고 할머니 집에 내려가다 처음으로 멀미를 했을 때의 느낌 같기도 했고, 롤러코스트나 자이드롭을 탔을 때처럼 높은 곳에서 갑자기 밑으로 떨어질 때의 느낌 같기도 했습니다.

꿀렁, 꿀렁, 꿀렁…….

처음에는 이러다 말겠지 했지만, 그 느낌은 계속 이어졌습니다.
아니, 오히려 갈수록 꿀렁거리는 속도가 빨라졌습니다.
소년은 생각했습니다.
'이건 내 자신이 물을 퍼 올리는 펌프라면, 그래, 맞아. 펌프라면
느낄 수 있는 느낌이야!'

꿀렁, 꿀렁, 꿀렁, 꿀렁, 꿀렁.

느낌의 속도는 마치 가속도가 붙은 듯 정신없이 빨라졌습니다.
그러다 소년은 갑자기 '끄르…… 르…… 러엉!' 하는 느낌을 받
았습니다.
그와 동시에 눈가에서부터 볼까지 따뜻해졌습니다.
깜짝 놀란 소년은 재빨리 손을 펴서 볼을 만져 보았습니다.
눈물이 흘러내리고 있었습니다.
소년은 그때 처음으로 알았습니다.
자신의 손에 눈물주머니가 있다는 것을.

그 후 소년은 울고 싶을 때는 언제든지 눈물주머니를 사용했습니다.
숙제를 하지 않아 선생님에게 꾸중을 들을 때
용돈을 함부로 써서 부모님에게 야단을 맞을 때
아이들을 괴롭혀 어른들에게 혼이 날 때
그 순간을 벗어나기 위해 소년은 아무 망설임 없이 눈물주머니를 사용했습니다.

눈물이란 정말이지 너무나도 편리한 것이었습니다.

그동안 눈물주머니 없이 어떻게 살았는지 모를 정도였습니다.

소년이 눈물을 흘리면 선생님이나 부모님, 그리고 어른들은 꾸지람을 멈추고 소년을 토닥거려 주었습니다.

촉촉한 눈으로 소년을 쳐다보며 다 이해한다는 듯 고개를 끄덕이기도 했습니다.

심지어는 사탕이나 장난감을 사 주며 소년을 달래기도 했습니다.

소년은 차츰 꾀가 생겨 바라는 것이 생길 때마다 눈물주머니를 사용했습니다.

소년이 눈물을 흘리며 말하면 사람들은 소년이 원하는 것을 모두 들어 주었습니다.

소년은 밥 먹듯이 거짓말을 했고, 어느덧 양치기 소년보다 더한 거짓말쟁이가 되었습니다.

소년에게 거짓말은 즐거운 놀이와도 같았습니다.

어른이 되어서도 소년은 변하지 않았습니다.

필요할 때마다 눈물주머니를 사용해서 주위 사람들을 속였고, 그들에게 상처를 입혔습니다.

소년이 눈물주머니를 가지고 있다는 것을 모르는 사람들은 여지없이 소년의 눈물에 속았습니다.

소년은 심지어 어머니가 돌아가셨을 때도 눈물주머니를 사용했습니다.

이제 소년은 눈물주머니 없이는 한 방울의 눈물도 흘릴 수 없게 되어 버린 것입니다.

그러던 어느 날 소년은 아주 아름다운 여인을 만났습니다.

소년은 첫눈에 여인에게 반했습니다.

소년은 여인이 천사 같다고 생각했습니다.

여인은 얼굴만 예쁜 것이 아니라 마음씨까지 예뻤습니다.

어려운 사람들을 도울 줄 알았고, 상대를 배려할 줄 알았습니다.

소년은 여인의 사랑을 얻고 싶어 여인에게 정말 잘해 주었습니다.

여인도 소년이 싫지 않은 듯 친절하게 대해 주었습니다.

마침내 소년은 눈물주머니를 믿고 여인에게 사랑을 고백했습니다.

그러자 여인도 울면서 소년의 사랑을 받아들일 수 없다고 말했습니다.

소년은 뭔가 이상한 느낌을 받았습니다.

여인의 말투와 태도가 누군가와 닮아 있었던 것입니다.

'아냐. 그럴 리 없어!'

소년은 두려움에 떨며 여인의 손을 쳐다보았습니다.

여인도 소년처럼 두 손을 꼭 쥐고 있었습니다.

심장과 눈물

심장과 눈물

소녀는 소년을 사랑했습니다.

어쩌다, 어떻게 하다 사랑하게 되었는지는 모릅니다.

처음 만났을 때부터 소녀는 소년이 좋았습니다.

하지만 소년은 소녀를 사랑하지 않았습니다.

1년이 지났습니다.

소년을 사랑하는 소녀의 마음이 여전했습니다.

그 마음은 2년이 지나도, 3년이 지나도 변하지 않았습니다.

소녀는 언젠가는 소년이 자신의 사랑을 받아들일 거라고, 자신을 사랑해 줄 거라고 기대했습니다.

그러나 소년은 소녀의 마음을 알려고 하지 않았습니다.

소년은 언제나 소녀를 냉정하게 대했습니다.

소년의 차가운 태도가 소녀에게 큰 상처를 안겨 주었습니다.

소녀는 이 모든 것이 소년에게 심장이 없기 때문이라고 믿었습니다.

소년에게 심장이 있다면 당연히 자신을 사랑할 거라고 믿었습니다.

추운 겨울이 지나고, 봄이 되었습니다.

소녀는 물건을 사러 시장에 나갔다가 눈물로 심장을 만들 수 있다는 이야기를 듣게 되었습니다.

한 사람이 흘린 눈물을 마을에 있는 우물 가득히 모으면 요정이 와서 그 눈물을 심장으로 바꿔 준다는 것이었습니다.

사실 그것은 절망적인 이야기였습니다.

마을에 있는 우물이 아무리 작다 해도 눈물로 가득 채울 수는 없는 노릇이었습니다.

하지만 소녀는 그 이야기를 듣고 너무 기뻐서 눈물을 흘렸습니다.

아무런 희망도 없었던 소녀에게 이제 실낱같은 희망이 생긴 것이었습니다.

소녀는 얼른 자신의 눈물을 작은 병에 담았습니다.

눈물을 모으는 것만큼은 자신이 있었습니다.

그 후 소녀는 소년에게 상처받을 때마다 눈에서 떨어지는 눈물을 모았습니다.

1년이 지났습니다.

작은 병 20개의 눈물이 모였습니다.

2년이 지났습니다.

작은 병 50개의 눈물이 모였습니다.

3년이 지나고, 4년이 지나고, 5년이 지났습니다.

소녀의 방은 눈물이 담긴 병이 쌓이고 쌓여 넘쳐 나기 시작했습니다.

그리고 더 많은 시간이 흐르고 흘러, 마침내 소녀는 우물을 가득
채울 수 있을 만큼의 눈물을 모았습니다.

소녀는 그동안 모은 눈물로 우물을 채우기 시작했습니다.
이제 마지막 한 방울의 눈물만 더 흘리면 소녀는 소원을 이룰 수
있었습니다.
가슴이 벅찼습니다.
소녀는 자신도 모르게 감격의 눈물을 흘렸습니다..
눈물 한 방울이 소녀의 뺨을 지나 우물로 떨어졌습니다.

똑!

순간 소녀는 너무나 놀랐습니다.

소녀의 눈앞에 정말 요정이 나타난 것입니다.

소녀는 요정에게 외쳤습니다.

"심장을, 심장을 주세요!"

요정은 그런 소녀를 햇살처럼 따뜻한 눈으로 바라보았습니다.

"심장? 소녀야, 네가 바라는 게 심장이니?"

요정이 물었습니다.

소녀는 목이 메어 갈라지는 목소리를 높여 다시 외쳤습니다.

"네! 심장이에요!"

요정은 여전히 따뜻한 눈으로 소녀를 바라보며 물었습니다.

"누구에게 필요한 심장이니?"

소녀는 소년의 이름을, 있는 힘을 다해 외쳤습니다.

요정은 말없이 소녀를 바라보았습니다.

사실 소녀는 더 이상 소녀가 아니었습니다.

그동안 수많은 시간이 소녀의 이마 위를 지나갔습니다.

소녀의 이마에는 깊은 주름이 잔뜩 패어 있었습니다.

소녀의 눈가와 입가, 목, 손등에도 깊고 얕은 주름이 패어 있었습니다.

그리고 항상 울고 지냈던 만큼 소녀의 얼굴은 창백하기 그지없었습니다.

그뿐만이 아니었습니다.

소녀가 입고 있는 회색 스웨터는 올이 다 풀려 있었고, 주홍색 호박치마는 볼품없이 색이 바래 있었습니다.

눈물을 모으는 데만 정신이 팔려 자신을 돌보지 않은 탓이었습니다.

요정은 소녀를 조용히 바라보다가 말했습니다.

"네가 사랑하는 소년에게는 심장이 필요하지 않아. 심장이 필요한 사람은 바로 너란다."

소녀는 멍하니 요정을 쳐다보았습니다.

소녀는 도무지 요정이 한 말을 이해할 수가 없었습니다.

"무슨 말씀이세요? 어서 소년에게 심장을 주세요! 소년에게는 심장이 필요해요! 그래야 소년이 날 사랑할 수 있거든요. 어서요!"

소녀가 애원하자 요정은 단호하게 말했습니다.

"소년에게는 이미 심장이 생겼단다. 너도 잘 알고 있지 않니?"

소녀는 눈물을 흘리며 요정의 옷자락을 잡았습니다.

"도대체 무슨 소리를 하는 거예요? 소년에게는 심장이 없어요! 심장이 없다고요!"

소녀가 소리쳤습니다.

그러나 요정은 소녀가 아무리 소리쳐도 더 이상 아무 말도 하지 않았습니다.

딱한 눈으로 소녀를 쳐다보기만 할 뿐이었습니다.

하얀 눈물

하얀 눈물

소녀의 눈에서는 눈물이 흐르지 않았습니다.
아무리 슬픈 일이 있어도, 아무리 가슴 벅찬 일이 있어도 소녀의
눈에서 눈물은 흘러내리지 않았습니다.

소녀가 눈물을 흘리지 않는다는 것을 아는 사람은 엄마밖에는
없었습니다.
소녀는 그다지 사람들 눈에 띄는 아이가 아니었으니까요.
외모도 뛰어난 편이 아니었고, 공부도 썩 잘하지 못했으니까요.

엄마는 눈물을 흘리지 않는 소녀를 이상하게 여기지 않았습니다.
징그러워하지도 않았습니다.
소녀를 마음속 깊이 이해했고, 늘 따뜻하게 대해 주었습니다.

소녀는 아빠가 누군지 모릅니다.

엄마는 조용했습니다.

늘 말이 없었습니다.

하지만 말을 하지 못하는 건 아니었습니다.

다만 말을 하지 않는 것뿐이었습니다.

그래서 소녀는 아빠가 누군지, 어디 있는지 물어볼 수 없었습니다.

말이 없는 엄마와 눈물이 없는 소녀는 서로를 너무나 사랑했습니다.

그건 말이 없어도, 눈물이 없어도 알 수 있는 일이었습니다.

손재주가 좋은 엄마는 시장 안에 조그만 가게를 얻어 한복 만드는 일을 했습니다.

일거리는 끊이지 않았습니다.

사람들은 엄마의 솜씨를 높이 샀고, 말은 없지만 싹싹하다는 점도 마음에 들어 했습니다.

엄마가 한복을 잘 만든다는 소문은 날이 갈수록 퍼져 갔습니다.
엄마의 한복집도 점점 더 커져 갔습니다.
하지만 엄마의 겸손한 태도는 변하지 않았습니다.

엄마는 버는 돈의 대부분을 자선 단체에 보냈습니다.
엄마와 소녀 두 식구가 살아가는 데에는 그다지 많은 돈이 필요
하지 않았기 때문입니다.
세상에는 그런 엄마를 시기하는 사람도 있는 모양이었습니다.

소녀가 고등학교를 졸업하고 대학에 들어갈 무렵이었습니다.
일거리가 밀려 다른 날보다 늦게 가게 문을 닫은 엄마는 서둘러
집으로 향했습니다.
하늘에서는 커다란 눈송이들이 펑펑 쏟아져 내리고 있었습니다.
엄마는 빠른 걸음으로 횡단보도를 건너 어두운 골목길로 들어섰
습니다.
주위에 사람들은 아무도 없었습니다.

엄마는 아까부터 뭔가 서늘한 기운이 뒤따라오고 있다는 느낌을 받았습니다.

심장이 불안하게 뛰었습니다.

'이제 조금만 더 가면 돼.'

엄마는 하염없이 쏟아지는 눈을 맞으며 거의 뛰다시피 걸어갔습니다.

골목길을 나와 왼쪽으로 세 번째, 노란 대문 집이 바로 소녀와 엄마가 사는 집이었습니다.

그러나 엄마는 미처 골목길을 빠져나오지 못했습니다.

신사복을 입은 키 큰 사내가 앞을 가로막았기 때문입니다.

엄마는 멍하니 키 큰 사내를 쳐다보았습니다.

사내는 엄마가 말을 하지 않는다는 것을 알고 있는 듯했습니다.

"빨리 끝냅시다!"

사내가 차갑게 내뱉었습니다.

엄마는 누구에게 하는 말인지 몰라 뒤를 돌아보았습니다.

엄마 뒤에도 낯선 사내가 서 있었습니다.

그 사내는 씨름 선수처럼 덩치가 아주 컸습니다.

몇 걸음만 더 가면 소녀가 기다리는 집이었습니다.

소녀에게 해 줄 말이 있었습니다.

엄마는 몸을 돌려 앞에 서 있는 키 큰 사내를 밀치고 뛰어갔습니다.

"살려 주세요! 사람 살려요!"

엄마는 있는 힘을 다해 소리쳤습니다.

"사람 살……."

그 순간 얼음처럼 차가운 손이 엄마의 입을 틀어막았습니다.

나무처럼 단단한 손이 엄마의 목을 움켜쥐었습니다.

"이년 병어리가 아니잖아!"

키 큰 사내가 나지막하게 말했습니다.

"우릴 봤을 거야!"

그 말과 함께 날카로운 칼이 엄마의 옆구리를 파고들었습니다.

한 번, 두 번, 세 번…….

소녀는 거실 소파에 앉아 책을 읽다가 이상한 소리를 들었습니다.

"무슨 소리지? 혹시……?"

소녀는 불길한 느낌에 사로잡혀 집 밖으로 뛰쳐나갔습니다.

거세게 휘날리던 눈발이 조금 잦아들고 있었습니다.

소녀는 조심스럽게 주변을 살피다 골목 끝부분에 누군가가 쓰러져 있는 것을 발견했습니다.

소녀는 재빨리 쓰러져 있는 사람에게 다가갔습니다.

새빨간 피로 물든 사람이 안간힘을 다해 기어 오고 있었습니다.

"엄마?"

소녀는 그럴 리 없다고, 고개를 흔들었습니다.

하지만 분명히 엄마였습니다.

"엄마!"

소녀는 엄마를 부둥켜안고 울부짖었습니다.

"……너에게…… 이 말을…… 꼭 해 주고 싶어서……."

엄마가 힘겹게 입을 열었습니다.

소녀는 깜짝 놀라 엄마를 쳐다보았습니다.

"사랑한다, 애야!"

엄마는 그 말을 끝으로 숨을 거두었습니다.

"엄마!"

소녀는 애타게 엄마를 불렀습니다.

그 순간 소녀의 왼쪽 눈에서 눈물이 흘러내렸습니다.

하지만 소년의 눈물은 다른 사람의 눈물처럼 투명하지 않았습니다.

소녀의 눈물은 마치 엄마의 젖처럼 뿌옜습니다.

엄마를 화장하고 돌아온 날.

소녀는 엄마의 유품을 정리하다 엄마가 쓴 편지를 발견했습니다.

사랑하는 딸에게

네가 이 편지를 읽고 있는 걸 보니 나에게 좋지 않은 일이 생긴
모양이로구나.
나에게 어떤 일이 일어났든 너는 누구도 원망해서는 안된다.
세상도, 사람도, 그 누구도.
내가 입을 다물고 산 것은 말을 조심해야 했기 때문이란다.
그 이유는 말하지 않겠다.
너도 애써 알려고 하지 않았으면 해.
언젠가 자연스럽게 알게 될 테니까.

그럼 내가 왜 너에게 이 편지를 남겼는지, 궁금하겠지?
내 신변에 생긴 일로 인해 너에게 어떤 변화가 생겼다면 그것
은 하늘의 축복이란다.
기적이란다.

이 말을 해 주고 싶었다.

그러니 너에게 생긴 변화를 기쁘게 받아들이라고.
너의 눈물이 굶주리고 고통스러워하는 이 땅의 많은 생명들을 구
원할 거야.
네 눈물은 곧 사랑이니까.

사랑한다, 내 딸.
나도, 네 아빠도 너를 많이 사랑한단다.

소녀는 엄마가 남긴 편지를 아무리 읽어 봐도 내용을 알 수 없었습니다.

'내 눈물이 하늘의 축복이라고? 기적이라고? 말도 안 돼!'

그때부터 소녀는 집 안에 틀어박혀 나오질 않았습니다.
대학도 포기했습니다.
소녀는 하루 종일 멍하니 방 안에만 앉아 있었습니다.
아무 생각도 없었고, 의욕도 없었습니다.
아무것도 먹지 않았고, 잠도 자지 않았습니다.

그렇게 일주일이 지나갔습니다.

죽은 듯 누워 있는 소녀 옆에 엄마가 다가왔습니다.

"엄마!"

소녀는 엄마를 보자마자 눈물을 흘렸습니다.

소녀의 왼쪽 눈에서 젖처럼 하얀 눈이 흘러내렸습니다.

엄마는 어린아이가 엄마 젖을 먹는 것처럼 소녀의 눈에 입을 대고 눈물을 마셨습니다.

"엄마!"

소녀는 번쩍 눈을 떴습니다.

꿈을 꾼 모양이었습니다.

하지만 엄마가 말하려는 게 무엇인지 조금은 알 것 같았습니다.

소녀는 기운을 차리고 밖으로 나갔습니다.

겨울의 끝 무렵이었지만 추위는 여전히 매서웠습니다.

길은 꽁꽁 얼어붙어 있었고, 불어오는 바람은 몹시 차가웠습니다.

소녀는 엄마가 살아 계실 때 자주 찾던 고아원으로 갔습니다.
낯익은 아이들이 소녀를 보고 달려왔습니다.
아이들은 왜 소녀의 엄마가 찾아오지 않는지 궁금해 했습니다.
소녀는 그 이유를 말해 주지 않았습니다.
소녀는 엄마가 하늘나라로 가셨다는 것을 알면 아이들이 많이
슬퍼하리라는 것을 잘 알고 있었습니다.

엄마 생각을 하자 소녀의 왼쪽 눈에서 눈물이 흘러내렸습니다.
아이들은 소녀가 흘리는 눈물을 보더니 고개를 갸우뚱거렸습
니다.
자신들의 눈물 색깔과는 달랐으니까요.

그때 삐쩍 마른 여자아이가 소녀에게 다가왔습니다.

소녀는 여자아이를 품에 안았습니다.

여자아이는 꿈속에 나타난 엄마처럼 소녀의 왼쪽 눈에 입을 대고 흘러내리는 눈물을 마셨습니다.

그러자 야위고 동굴 속처럼 어두웠던 여자아이의 얼굴이 차츰 살이 오르고 형광등처럼 밝아졌습니다.

잠시 후 여자아이는 행복한 미소를 지으며 소녀의 품에서 나왔습니다.

이번에는 독감에 시달리는 남자아이가 소녀의 품에 안겼습니다.

소녀의 눈에서는 쉬지 않고 눈물이 흘러내렸습니다.

소녀의 눈물을 마신 남자아이는 더 이상 기침을 하지 않았습니다.

콧물도 흘리지 않았습니다.

피부병을 앓고 있는 아이는 소녀의 눈물을 마시고 피부병이 나았습니다.

어깨가 다친 아이는 어깨가 나았습니다.

마음이 다친 아이는 마음이 나았습니다.

다음 날부터 소녀는 아파하는 아이들이 있는 곳이면 어디든 찾아갔습니다.
언제부턴가는 오른쪽 눈에서도 눈물이 흘러내렸습니다.
소녀는 서울을 벗어나 대전, 광주, 목포, 부산, 제주도 등 전국을 돌아다녔습니다.
배를 타고 무수히 많은 섬들도 돌아보았습니다.
매일 매일이 마치 소풍을 가는 것처럼 즐거웠습니다.

그렇게 1년이 지나고, 2년이 지났습니다.
소녀의 눈물을 마신 아이들은 씩씩하게 자랐습니다.
소녀는 더 이상 아이들을 찾아다니지 않았습니다.
소녀의 눈물에 대한 소문이 퍼지자 아이들뿐만 아니라 어른들도 찾아왔습니다.

소녀는 찾아오는 사람들을 돌려보낼 수 없었습니다.
모두 가여워 보였기 때문입니다.

소녀를 찾아오는 사람들은 갈수록 늘어났습니다.

소녀의 집은 찾아오는 사람들로 하루 종일 북적거렸습니다.

소녀는 잠도 거르면서 눈물을 흘렸지만 사람들의 숫자는 줄어들지 않았습니다.

하루 24시간 꼬박 눈물을 흘려도 그 많은 사람들을 감당할 수 없을 것 같습니다.

마르지 않을 것 같았던 소녀의 눈물샘도 차츰 말라갔습니다.

이제는 하루 1시간도 흘리기 힘들었습니다.

소녀는 엄마 생각을 하며 눈물을 흘리려고 애썼습니다.

하지만 눈물이 나오는 시간은 줄어만 갔습니다.

하루 1시간에서 30분으로, 30분에서 10분으로, 5분으로, 1분으로…….

마침내 더 이상 소녀의 눈에서 눈물이 흐르지 않자 사람들의 발걸음이 뚝 끊겼습니다.

소녀는 몰랐습니다.

많은 사람들이 소녀의 눈물을 마시는 척할 뿐이라는 것을.

누군가가 사람들에게 돈을 주고 눈물을 모아 오도록 시킨다는
것을.

하지만 그 사실을 알았다고 해도 소녀는 눈물을 멈추지 않았을
겁니다.

눈물을 모아다 주면 사람들이 대가를 받을 테니까요.

눈물을 모으는 도중에 조금이라도 사람들 목구멍으로 넘어갈 테
니까요.

소녀는 다시 두 눈에서 눈물이 흘러내리기를 기다렸습니다.

소녀의 방에 카메라를 설치해 놓고 감시하던 키 큰 사내와 덩치
큰 사내도 소녀가 다시 눈물을 흘리기를 기다렸습니다.

소녀는 꿈에서 엄마를 보았습니다.

아빠도 보았습니다.

소녀는 아빠를 보고 환하게 미소 지었습니다.

소녀가 짐작한 그대로였기 때문입니다.

소녀의 눈에서 마지막 눈물 한 방울이 떨어져 내렸습니다.

소녀는 이제 엄마, 아빠 곁으로 갈 때가 되었다는 것을 알았습니다.

"엄마!"

소녀는 웃으며 엄마를 불렀습니다.

그 말을 끝으로 소녀의 입에서 더 이상 숨이 새어 나오지 않았습니다.

소녀가 죽었다는 사실을 처음 안 사람은 키 큰 사내와 덩치 큰 사내였습니다.

그들은 소녀의 죽음을 확인하고 몹시 안타까워했습니다.

놀라운 것은 소녀의 눈에서 떨어져 내린 마지막 눈물방울이, 거의 하루가 지났는데도 마르지 않았다는 것이었습니다.

그들은 그 마지막 눈물 한 방울도 거둬 갔습니다.

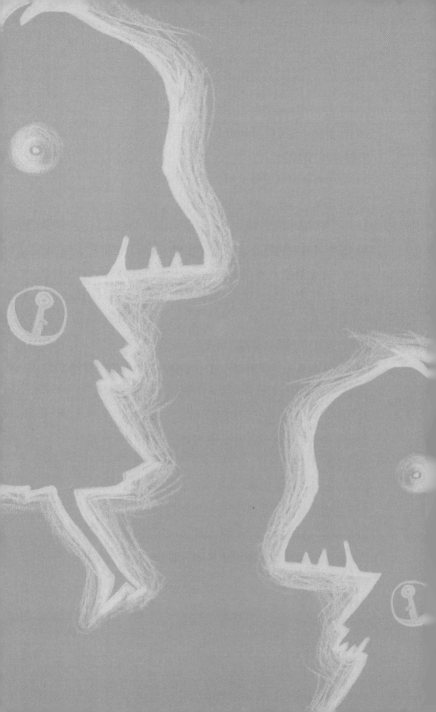

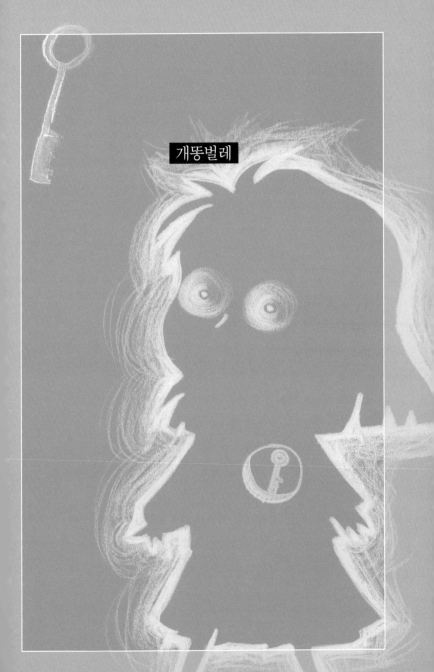

개똥벌레

개똥벌레

소년은 개똥벌레를 사랑했습니다.
사람들은 그런 소년을 놀렸지만, 그래도 소년은 변함없이 개똥벌레를 사랑했습니다.

소년은 모두들 개똥 속에 집을 짓고 산다고 우습게 알고 있는 개똥벌레가 사실은 우주에서 왔다고 믿었습니다.
그래서 개똥벌레가 언젠가는 늘 혼자이고, 외로운 자신을 저 별빛 반짝이는 우주로 데려가 줄 거라고, 그럴 거라고 믿었습니다.

무더위가 물러나고 가을이 올 때쯤 소년에게 친구가 생겼습니다.
그 친구는 소년처럼 개똥벌레는 사랑했습니다.
"나도 너처럼 개똥벌레가 우주에서 왔다고 믿어."

친구가 말했습니다.
친구의 말은 소년에게 큰 힘을 주었습니다.

소년은 밤마다 뒷산에 올라가 개똥벌레를 바라보았습니다.
때로는 친구가 소년과 함께 뒷산에 올라가기도 했습니다.
그럴 때면 소년은 왠지 어깨가 으쓱해졌습니다.
개똥벌레가 많이 있는 곳, 먼 우주를 잘 볼 수 있는 곳을 알고 있
었기 때문입니다.

가을이 지나고 겨울이 되었습니다.
밤바람은 마치 칼끝처럼 매서웠지만 소년은 단 하루도 거르지
않고 뒷산에 올라갔습니다.
반짝거리는 별빛들을 바라보고 있으면 마음이 따뜻해졌습니다.
바람이 아무리 심하게 불어도 소년의 마음에 켜진 불빛은 꺼뜨
리지 못했습니다.

눈이 산사태처럼 쏟아지던 날에도 소년은 산에 올랐습니다.
눈에 가려 아무것도 보이지 않았지만 소년은 그래도 하늘을 올
려다보았습니다.
새벽이 되자 세상을 모두 덮어 버릴 것처럼 쏟아지던 눈이 그쳤
습니다.
이제 하늘에는 별들이 떠오르기 시작했습니다.

소년은 기뻐서 크게 소리를 질렀습니다.

순간 별빛 하나가 소년이 있는 곳으로 떨어져 내려왔습니다.

별빛은 순식간에 소년의 몸속으로 들어왔습니다.

소년은 아찔한 현기증 같은 것을 느꼈습니다.

그리고 그 순간 소년은 마침내 개똥벌레가 되어 버리고 말았습니다.

개똥벌레를 너무나도 사랑했던 소년은 정말 행복했습니다.

'이제 난 개똥벌레야! 나에겐 개똥벌레 친구들이 있어! 모두 함께 우리 별로 갈 수 있어!'

소년은 너무 행복에서 이렇게 외치고 싶었지만 소리가 되어 나오지 않았습니다.

개똥벌레가 되어 버렸으니 소리가 나지 않는 것은 당연한 일이었습니다.

단 하나뿐인 친구에게도 사실을 알려 줄 수 없다는 것이 조금 섭섭했지만 그래도 소년은 행복했습니다.

사랑을 위해 목소리를 버린 인어 공주도 있으니까요.

또 친구도 어느 날 갑자기 자신처럼 개똥벌레가 될 수도 있는 일이니까요.

소년은 천천히 날개를 펴서 하늘을 나는 연습을 시작했습니다.

하늘을 날 수 있어야 우주에 갈 수 있다고 생각했기 때문입니다.

소년은 날아다니는 연습을 시작하면서 사람이었을 때보다 힘이 부쩍 세졌다는 것을 느꼈습니다.

그것은 아주 당연한 일이었습니다.

개똥벌레는 자신의 몸무게의 1141배에 이르는 무게를 들 수 있으니까요.

얼마 후에는 자신의 몸에도 다른 개똥벌레들처럼 우주의 별빛 같은 빛이 생겼다는 것을 알게 되었습니다.

신이 난 소년은 낮이나 밤이나 열심히 날갯짓을 했습니다.

그래서 다른 개똥벌레보다 더 높이 날 수 있었고, 더 아름다운 빛을 낼 수 있게 되었습니다.

단 한 마디

소년은 드디어 우주를 향해 떠날 때가 되었다고 생각했습니다.
자신도 있었습니다.

소년은 그동안 친해진 개똥벌레들에게 물었습니다.

"너희들, 나와 함께 우리 별로 돌아가지 않을래?"

하지만 소년의 말을 이해하는 개똥벌레는 아무도 없었습니다.

"우리 별이라니? 무슨 소리야?"

다른 친구들보다 유난히 몸빛이 검은 개똥벌레가 물었습니다.

"저기를 좀 봐."

소년은 손이 없어 가리키지는 못하고 먼 우주를 쳐다만 보았습니다.

개똥벌레들은 소년처럼 고개를 지켜들고 하늘을 쳐다보았습니다.

"저 많은 별들 중에 우리 별이 있어."

소년이 말했습니다.

"그걸 네가 어떻게 알아?"

몸빛 검은 개똥벌레가 다시 물었습니다.

"봐봐. 우리 몸에서 별들처럼 빛이 나잖아."

소년이 웃으며 대답했습니다.

"그렇다고 해도 네가 저 많은 별 중에서 우리 별을 찾을 수 있어?"

"지금은 나도 잘 몰라. 하지만 가까이 가면 알 수 있을 거야."

"어떻게?"

"그 별에서는 우리의 냄새가 날 테니까."

소년은 자신 있게 말했습니다.

하지만 개똥벌레들은 소년의 말을 잘 믿지 못하는 눈치였습니다.

"좋아. 그럼 내가 먼저 올라가서 너희들을 부를게. 그때는 올 거지?"

소년이 개똥벌레들을 둘러보며 물었습니다.

"알았어. 올라가서 신호를 보내. 두 번 반짝이고, 그다음에 세 번 반짝이고, 그다음에 다섯 번 반짝이는 별이 있으면 우리도 갈게. 두 번, 세 번, 다섯 번이야."

몸빛 검은 개똥벌레가 대답했습니다.

"그래. 두 번, 세 번, 다섯 번."

소년은 그 말을 몇 번 되풀이하고는 힘차게 날갯짓을 했습니다.

소년이 하늘을 향해 날아가는 그 순간, 갑자기 그물 같은 것이 소년을 덮쳤습니다.

소년은 그것이 잠자리채라는 걸 잘 알고 있었습니다.

소년은 몸을 뒤척이며 잠자리채를 들고 있는 아이를 쳐다보았습니다.

소년은 깜짝 놀라고 말았습니다.

소년을 잡은 아이는, 소년이 사람이었을 때, 단 하나뿐이었던 친구였습니다.

바다에서 태어난 아이

바다에서 태어난 아이

소년은 바다에서 태어났습니다.

바다가 소년의 엄마입니다.

적어도 소년은 그렇게 믿고 있습니다.

하지만 사실 소년은, 사람들이 말하는 고아입니다.

소년의 부모는 아마도 소년을 바닷가에 버린 모양입니다.

고아원 아이들은 바다를 엄마라고 생각하는 소년을 놀리곤 했습니다.

"이 바보야! 네 엄마는 바다가 아니야. 네 엄마는 너를 바다에 버린 나쁜 사람이야."

아이들은 소년의 부모가 소년을 바다에 던져 죽이려고 했다는 무서운 말까지 서슴없이 내뱉었습니다.

하지만 소년은 아이들의 말을 믿지 않았습니다.

소년은 원장 수녀님을 찾아가 물었습니다.
"정말 저희 부모님이 저를 바다에 버린 건가요?"
"아니란다, 얘야. 네 부모님은 바다야. 너는 바다에서 태어났어."
원장 수녀님은 이렇게 말하며 따뜻하게 소년을 껴안아 주었습니다.
소년은 원장 수녀님의 말을 믿었습니다.
수녀님이 거짓말을 할 리가 없었으니까요.

소년은 다른 아이들에 비해 성장이 늦었고 지능도 떨어졌습니다.
그러나 마음만은 누구보다 착했습니다.
바다의 마음으로 자신을 무시하는 모든 이들을 사랑했습니다.

소년은 스무 살이 되어 고아원을 나왔습니다.
소년은 낮에는 공사장, 밤에는 편의점 등에서 일하며 열심히 돈을 모았고, 그렇게 모은 돈을 대부분 고아원에 보냈습니다.
자신처럼 바다에서 태어난 아이들에게 도움을 주고 싶었기 때문입니다.
소년은 돈을 고아원에 보낼 때 가장 행복했습니다.

그러던 어느 날, 새벽이었습니다.
소년이 일하는 편의점에 술 취한 두 사람이 들어왔습니다.
두 사람은 술을 사서 편의점 안에 있는 탁자에 앉아 술을 마시다 갑자기 목소리를 높이며 싸움을 하기 시작했습니다.
당황한 소년은 도움을 청하러 편의점 밖으로 나갔습니다.
하지만 새벽이어서 지나다니는 사람들이 거의 없었습니다.

그때 편의점 안에서 우당탕, 하는 소리가 났습니다.

소년은 재빨리 편의점으로 들어갔습니다.

두 사람은 닥치는 대로 물건을 집어 서로에게 던졌습니다.

소년은 있는 힘을 다해 두 사람을 말렸지만 아무런 소용이 없었습니다.

싸움은 점점 더 거칠어졌고, 마침내 한 사람이 포장되어 있는 가위를 뜯어 다른 사람을 찔렀습니다.

가위에 찔린 사람의 가슴에서 피가 흘러나왔습니다.

그러자 가위를 든 사람은 정신이 번쩍 든 모양이었습니다.

그는 잠시 주위를 둘러보더니 가위를 소년의 손에 쥐어 주고, 피를 흘리는 사람의 옷에서 지갑을 꺼내 소년의 옷에 넣고는 도망쳐 버렸습니다.

경찰이 올 때까지 소년은 가위를 든 채 멍하니 서 있었습니다.

경찰에 끌려간 소년은 살인죄를 뒤집어쓰고 교도소에 가게 되었습니다.

아무리 상황을 설명해도 사람들은 소년의 말을 믿지 않았습니다.

소년을 알 수가 없었습니다.

'왜 내가 저지르지도 않은 죄로 감옥에 갇혀야 하는 걸까?'

그뿐만이 아니었습니다.

재판관은 '죄질이 매우 나쁘고 반성하는 모습이 보이지 않는다.'는 이유로 소년에게 '사형'을 선고했습니다.

독방에 갇힌 소년은 날마다 꿈을 꾸었습니다.

늘 같은 꿈이었습니다.

바다.

소년은 푸른 바다로, 엄마의 품속으로 들어가고 싶었습니다.

마침내 사형 날짜가 다가왔습니다.

사형대에 서기 전, 소년은 마지막 소원을 이야기하라는 교도관에게 애원했습니다.

"부탁입니다. 제발 저를 바다에 빠트려 주세요!"

그 순간 정말이지 기적 같은 일이 일어났습니다.

소년의 소원이 이루어진 것입니다.

햇볕이 분부시게 쏟아져 내리는 날, 소년은 많은 사람들이 지켜
보는 가운데 바다 속으로 들어갔습니다.
엄마의 품속은 참으로 따뜻했습니다.
그 안에서 소년은 편안하게 눈을 감았습니다.

며칠 후 신문에는 다음과 같은 짧은 기사가 실렸습니다.

　편의점 종업원 모 씨가 여관 욕실에서 숨진 채 발견되었다.
　경찰은 모 씨가 생활고를 견디지 못해 스스로 목숨을 끊은
　것으로 보고 있다.

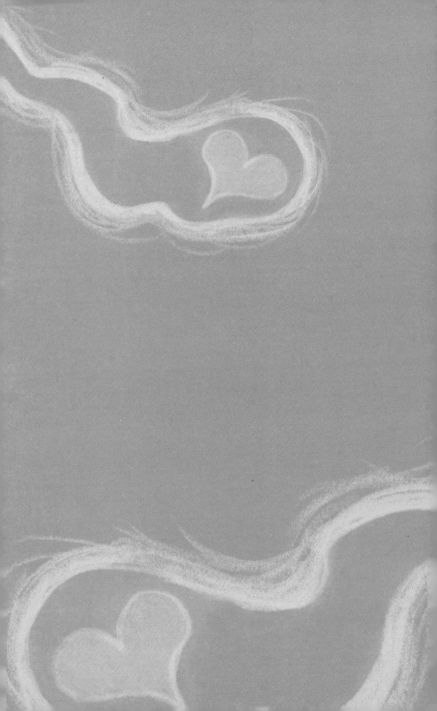

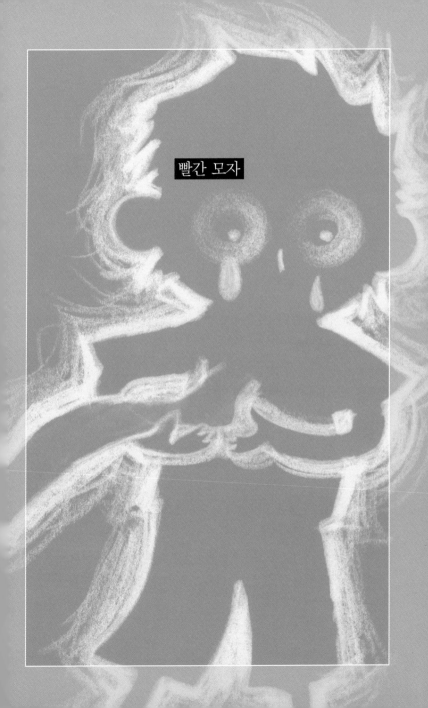

빨간 모자

빨간 모자

소년이 어렸을 때 엄마는 그림형제가 쓴 동화 『빨간 모자』를 읽어 주곤 했습니다.

옛날 어느 마을에 귀여운 여자 아이가 살고 있었어요.
여자 아이는 산 너머에 사는 할머니가 생일 선물로 준 빨간 모자를 무척 좋아해 매일 빨간 모자를 쓰고 다녔어요.
그래서 사람들은 아이를 빨간 모자라고 불렀지요.

어느 날 엄마가 빨간 모자를 불러 편찮으신 할머니에게 음식을 갖다 드리라고 시켰지요.
엄마는 아이에게 숲 속 길은 위험하다며 꼭 마을 길로 가야 하고, 모르는 사람 말을 들어서는 안 된다는 주의를 주었어요.

빨간 모자가 마을 길로 가고 있을 때 토끼와 다람쥐가 나타나 산
길로 가면 자기들이 같이 가 줄 수 있다고 말했지요.

빨간 모자는 엄마가 하신 말씀을 잊어버리고 토끼와 다람쥐와
함께 숲속 길로 갔어요.
숲 속 동물 친구들이 빨간 모자를 반갑게 맞아 주었지요.
빨간 모자는 심부름 가는 길이라는 것도 잊어버리고 동물 친구
들과 놀았어요.
그러자 밤나무가 숲 속에는 늑대가 있으니 마을 길로 가라고 일
렀지요.
하지만 빨간 모자는 늑대도 함께 가면 된다며 신나게 놀았어요.

그때 밤나무 뒤에 숨어 있던 늑대가 나타났어요.

동물 친구들은 모두 숨어 버리고 빨간 모자만 남았지요.

빨간 모자는 늑대가 무섭다는 것을 몰랐거든요.

늑대는 빨간 모자에게서 할머니 댁이 어디 있는지 알아내고 빨간 모자를 잡아먹으려 했지요.

그러나 다행히 숨어 있던 친구들이 밤송이를 마구 던져 늑대를 쫓아 버렸어요.

얼마 후 다시 늑대가 나타나 빨간 모자를 잡아먹으려고 했어요.

그때도 참새들이 내려와 늑대의 눈을 쪼아 대 빨간 모자는 무사할 수 있었지요.

빨간 모자는 늑대가 자신을 잡아먹으려는 것도 모르고 참새들을 말리기까지 했어요.

늑대는 할머니부터 잡아먹어야겠다는 생각에 빨간 모자에게 꽃
이 많은 곳을 알려 주었어요.

빨간 모자가 열심히 꽃을 꺾고 있는 동안 늑대는 부지런히 할머
니 댁에 갔지요.

빨간 모자 목소리를 흉내 내 할머니 집 안으로 들어간 늑대는 침
대에 누워 있는 할머니를 한입에 삼켜 버렸어요.

늑대는 빨간 모자도 잡아먹을 생각으로 할머니 모자를 쓰고 이
불 속에 숨었지요.

잠시 후 빨간 모자가 왔어요.

"저 왔어요, 할머니!"

빨간 모자가 말했지요.

그러나 할머니는 아무 대답이 없었어요.

"많이 아프세요?"

빨간 모자는 가까이 다가가 할머니를 살펴보았지요.

그런데 뭔가 이상했어요.

"할머니 귀가 왜 이렇게 커졌어요?"

빨간 모자가 물었어요.

"으응, 그건 네 말을 더 잘 들으려고."

늑대는 할머니 목소리를 흉내 내 대답했지요.

"눈은 왜 이렇게 빨개요?"

"몸이 아프니 그렇지."

"입은 왜 그렇게 커요?"

"그건 바로 너를 잡아먹기 위해서지!"

늑대는 빨간 모자를 한입에 삼켰어요.

배를 채운 늑대는 할머니 침대에서 잠이 들고 말았어요.

때마침 할머니 집 앞을 지나가던 사냥꾼이 늑대가 코를 고는 소리를 듣고 집 안으로 들어갔지요.

사냥꾼은 조심스럽게 늑대 곁으로 다가갔어요.

순간 불룩해진 늑대 뱃속에서 살려 달라는 소리가 들렸어요.

사냥꾼이 늑대의 배를 가르자 할머니와 빨간 모자가 나왔어요.

빨간 모자는 울면서 숲 속에서 있었던 일을 할머니에게 들려주었지요.

할머니는 빨간 모자를 꼭 껴안고 말했어요.

"괜찮다. 빨간 모자야. 하지만 이제부터는 어른들 말씀 잘 들어야 한다."

"네. 할머니!"

빨간 모자처럼 작은 마을에 사는 소년은 빨간 모자 이야기를 좋아했습니다.
한편으로는 우습고, 한편으로는 무섭고, 한편으로는 아슬아슬했고, 한편으로는 통쾌했기 때문입니다.

소년의 아빠는 배를 타는 선원이어서 집에 있는 날이 거의 없었습니다.
그래도 소년은 빨간 모자 못지않게 씩씩하게 자랐습니다.
빨간 모자가 할머니에게 약속한 것처럼 어른들 말씀도 잘 들었습니다.
소년은 사랑하는 엄마가 옆에 있어 참 행복하다고 생각했습니다.

그러나 행복이 불행으로 바뀌는 건 순식간이었습니다.
이제 사람들은 소년과 소년의 엄마를 빨간 모자라고 부릅니다.
그들은 빨간 모자母子입니다.

소년이 초등학교에 들어갈 무렵이었습니다.

추운 겨울날, 소년의 엄마가 시장에 가서 장을 보는 동안 집에 불이 났습니다.

이불을 뒤집어 쓴 채 잠을 자던 소년이 이리저리 뒤척이다 석유 난로를 발로 차는 바람에 난로가 넘어져 낡고 초라한 집이 금세 불길에 휩싸였던 것입니다.

장을 보고 돌아온 엄마는 활활 타오르는 집 안으로 뛰어 들어가 소년을 구했습니다.

그때는 모두들 목숨을 걸고 소년을 구한 엄마의 사랑을 칭찬했습니다.

사람들은 엄마와 소년의 편이 되어 주는 듯했습니다.

하지만 시간이 지나 그 일이 기억 속에서 멀어지고, 몸 전체에 붉은 꽃처럼 피어 있는 화상만이 눈에 보이자 몇몇 짓궂은 사람들은 소년과 소년의 엄마를 빨간 모자라 부르기 시작했습니다.

그때부터 소년과 소년의 엄마는 빨간 모자로 살아갔습니다.
빨간 소년에게 아빠는 없었습니다.
얼마 후 집에 돌아온 아빠는 빨간 모자를 보더니 말없이 어디론가 사라져 다시는 돌아오지 않았습니다.

빨간 모자…….
그들을 보려면 우리는 읍내 시장에 가야 합니다.
빨간 엄마는 산에서 캔 약초와 쑥 같은 것들을 읍내 시장 한구석에서 팝니다.
그것만으로는 먹고살기 힘들어 빨간 엄마는 새벽마다 읍내로 가서 우유 배달을 하고, 토요일과 일요일에는 읍내에 있는 식당 주방에서 일하며 소년을 키웁니다.
빨간 소년은 그런 엄마 뒤에 숨어 있지 않는 날에는 집에 숨어 있습니다.

사실 빨간 엄마는 소년을 학교에 보내고 싶었습니다.

실제로 작년에는 학교에 보내기도 했습니다.

하지만 빨간 소년은 자신을 전염병 환자 취급하는 아이들과 어울리지 못했습니다.

아이들은 빨간 소년을 멀리했고, 심지어는 놀리기까지 했습니다.

빨간 엄마는 할 수 없이 소년을 집에 데려올 수밖에 없었습니다.

빨간 소년의 소원은 아무도 없는 곳으로 가서 엄마와 단둘이서만 행복하게 사는 것이었습니다.

빨간 소년은 늦은 저녁이 되어서야 지친 몸을 이끌고 들어오는 엄마에게 묻고 했습니다.

"엄마, 왜 사람들은 우리를 괴롭혀요?"

"엄마, 왜 사람들은 우리를 싫어해요?"

"엄마, 어제 어떤 아저씨가 나한테 침을 뱉었어요."

"엄마, 어제 어떤 아이가……."

빨간 엄마는 소년을 꼭 끌어안기만 할 뿐 아무 대답도 하지 않았습니다.

빨간 소년에게 하루는 길고도 길었습니다.

엄마 외에는 아무도 가까이 오지 않았기 때문입니다.

어느덧 어둠이 내려와 쌓이기 시작했습니다.

빨간 소년은 밤이 깊도록 돌아오지 않는 엄마가 걱정이 되어 집을 나섰습니다.

어두운 산길에 들어서자 낯선 아저씨들이 엄마를 둘러싸고 있는 것이 보였습니다.

빨간 소년은 냅다 엄마 곁으로 달려갔습니다.

낯선 아저씨들이 흉기들 들고 빨간 엄마를 위협하고 있었습니다.

아마도 돈을 뺏으려는 것 같았습니다.

"왜들 이러세요!"

빨간 소년은 작은 몸으로 엄마를 막아섰습니다.

한 아저씨가 어이없다는 듯 픽픽 웃으며 빨간 소년을 밀쳤습니다.

빨간 소년은 마치 가랑잎처럼 땅바닥에 나뒹굴었습니다.

빨간 엄마는 소년에게 달려가며 소리쳤습니다.

"살려 주세요! 살려 주세요!"

하지만 아무리 소리쳐도, 아무도 빨간 모자를 도와주지 않았습니다.

낯선 아저씨들은 빨간 엄마의 입을 틀어막고 흉기로 엄마를 찔러 댔습니다.

빨간 엄마의 몸에서 불처럼 빨간 피가 쏟아졌습니다.

빨간 소년은 울부짖으며 엄마를 감싸 안았습니다.

흉기는 소년의 몸에도 파고들었습니다.

빨간 모자의 몸은 정말이지 빨갛게 변해 갔습니다.

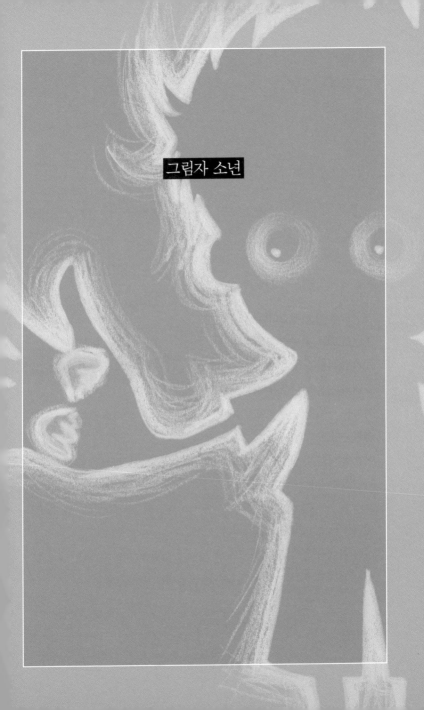

그림자 소년

그림자 소년

소년은 몸이 약했습니다.

소년의 키는 또래 친구들보다 한 뼘 정도 작았고, 얼굴은 멍이 든 것처럼 파랬습니다.

소년의 집은 가난했습니다.

아빠는 공사장 인부였고, 엄마는 동네에서 작은 분식집을 하고 있었습니다.

아빠 엄마가 아침부터 저녁까지 열심히 일해도 가난하기는 마찬 가지였습니다.

소년은 아빠 엄마가 싫었습니다.

아빠 몸에서 풍기는 술 냄새와 땀 냄새가 싫었습니다.

엄마 몸에서 풍기는 김밥 냄새와 튀김 냄새가 싫었습니다.

소년이 가장 좋아하는 것은 동화책이었습니다.

또래 아이들이 유치원에서 선생님들과 지낼 때 소년은 혼자 방 안에서 동화책을 읽었습니다.

엄마가 어디선가 얻어 온 그 낡은 책들이 소년에게 기쁨을 주었습니다. 희망을 주었습니다.

눈을 감으면 소년은 예쁜 여자 친구와 손을 잡고 하늘을 날아다 닐 수 있었습니다.

아름다운 숲 속에도 갈 수 있었고, 초콜릿으로 만든 성에도 갈 수 있었습니다.

하지만 눈을 뜨면 그 모든 일들이 눈앞에서 사라졌습니다.

소년이 동화책에 나오는 공주처럼 예쁜 소녀를 본 것은 며칠 후 였습니다.

소녀 옆에는 근사한 옷을 입은 멋진 소년이 서 있었습니다.
그 소년은 마치 왕자 같았습니다.
소년과 소녀 주위에는 많은 사람들이 있었습니다.
사람들 말로는 영화 촬영을 한다는 것 같았습니다.

소년은 그 소년의 그림자가 되고 싶었습니다.
소년의 그림자가 되면 근사한 일이, 멋진 일이 많이 일어날 것 같
았습니다.
소년은 기도를 했습니다.
"저 아이의 그림자가 되게 해 주세요. 소원입니다."

다음 날 저녁에도 예쁜 소녀와 멋진 소년이 나타났습니다.
태양만큼이나 환한 빛이 소녀와 소년을 비추었습니다.
소년은 용기를 내어 그들 곁으로 다가갔습니다.

그 순간 믿기지 않는 일이 벌어졌습니다.

소년의 몸이 빛에 녹으면서 멋진 소년의 그림자로 변했습니다.

'정말 근사하군. 정말 멋진 일이야! 하느님 감사합니다!'

그림자가 된 소년은 진심으로 하느님께 감사의 뜻을 전했습니다.

그림자 소년은 어둠이 멋진 소년을 휘감는 순간을 빼고는 항상

소년 곁에 있었습니다.

소년이 슬플 때나 즐거울 때, 소년이 아플 때,

소년이 밤중에 일어나 화장실을 갈 때도 함께했습니다.

멋진 소년은 차츰 그림자 소년을 사랑하게 되었습니다.

그림자 소년은 멋진 소년이 자신을 사랑한다는 사실을 알고 무

척이나 기뻤습니다.

하지만 그림자 소년은 엄마 아빠가 갑자기 사라진 자신을 찾아

헤맨다는 사실은 모르고 있었습니다.

하긴 그 사실을 알았다고 해도 그림자 소년은 엄마 아빠 곁으로

돌아가지 않았을 겁니다.

지금은 돌아가려 해도 돌아갈 수 없게 되었지만.

왜냐하면 소년은 이제 그림자이니까요.

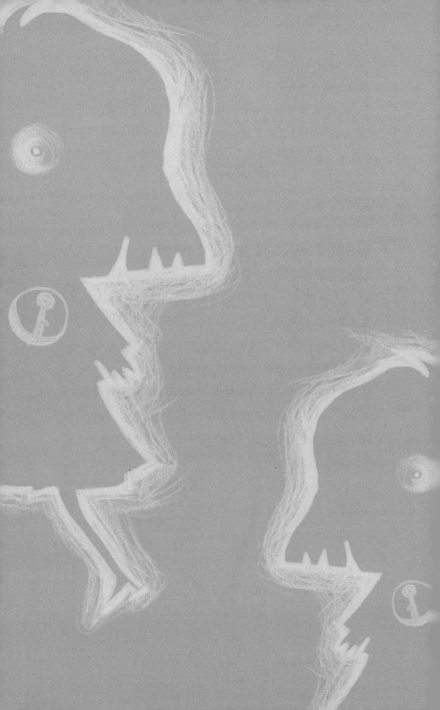

그림자를 사랑한 소년

그림자를 사랑한 소년

소년은 자신의 그림자를 무척이나 사랑했습니다.

그림자는 소년의 몸에서 떨어질 줄 몰랐고, 소년이 하는 일은 무엇이든 따라 했습니다.

그림자도 소년을 정말 사랑하는 것 같았습니다.

소년은 그림자가 옆에 있어 행복했습니다.

그림자는 소년이 아플 때, 소년이 슬플 때 많은 위로가 되어 주었습니다.

소년은 그림자에게 말했습니다.

"너는 나에게 축복 같은 친구야. 네가 원하는 건 다 들어줄 수 있어."

단 한 마디

그러자 그림자가 물었습니다.

"그럼 네 눈을 나에게 줄 수 있니?"

소년은 단숨에 대답했습니다.

"물론이지."

소년은 기꺼이 그림자에게 자신의 눈을 주었습니다.

그림자가 다시 말했습니다.

"네 코도 나에게 줄 수 있니?"

"당연하지."

소년은 서슴없이 자신의 코를 내주었습니다.

그림자가 말했습니다.

"네 입도 나에게 줄 수 있니?"

이번에도 소년은 거절하지 않았습니다.

소년은 그림자가 달라고 하는 것은 무엇이든 다 주었습니다.

마침내 그림자는 소년에게 심장을 달라고 요구했습니다.

그림자를 너무나 사랑한 소년은 그림자에게 심장을 내주었습니다.

심장을 잃은 소년은 곧 조용히 숨을 거두었습니다.

사람들이 죽은 소년을 볕이 잘 드는 곳에 묻어 주었습니다.

그림자는 그때서야 소년이 죽으면 자신도 사라진다는 사실을 알았습니다.

'내가 지금 무슨 일을 저지른 거지?'

그림자는 몹시 후회했지만 이미 엎질러진 물이었습니다.

아무리 후회해도 죽은 소년은 되살아나지 않았습니다.

그림자 역시 마찬가지였습니다.

눈이 있지만 다시는 세상을 볼 수 없었습니다.

코가 있지만 다시는 냄새를 맡을 수 없었습니다.

입이 있지만 다시는 무엇을 먹을 수 없었습니다.

심장이 있지만 다시는 숨을 쉴 수 없었습니다.

환상적이며 기발한 세계로의 초대

정수현

소설가, 『블링블링』·『압구정 다이어리』 저자

작품마다 늘 새로운 모습을 보여 주는 연기자 조안. 나는 처음 그녀의 글을 대하고, 솔직히 많이 놀랐다. 예쁘장한 겉모습과는 전혀 다른, 생전 듣지도 보지도 못했던 생소하고 낯선 이야기들이 잔칫상처럼 펼쳐져 있었기 때문이다.

사과를 고추장에 찍어 먹고, 영화를 볼 때 팝콘 대신 명란젓을 먹는다더니, 글도 참 '4차원'스럽다는 생각이 들었다.

그녀의 글을 어떻게 이해해야 할까. 아니, 먼저 그녀의 글은 어떤 장르에 속하는 것일까?

단편이라고 보기에는 지나치게 짧다는 점에서 '엽편 소설'이라고 해야 하나?

아니면 사람들의 추악한 내면을 거침없이 드러내고, 비꼬고 있다는 점에서 '블랙 유머'라고 해야 하나?

그러다 그녀의 글을 내가 정의하려는 것 자체가 부질없다는 느낌
이 왔다.
그녀는 전문적인 작가가 아니다. 따라서 머릿속에 떠오르는 상상
들을, 어떤 구속도 받지 않고 자유롭게 펼쳐 보였을 것이다. 그래
서인지 그 상상들은, 환상적이고 기발하다. 때로는 가슴을 뜨끔하
게 만들기도 한다.

심장이 갈수록 커져서 땅에 질질 끌고 다니는 소년, 어느 날 갑자
기 심장이 사라져 가슴이 뻥 뚫린 소년, 여러 가지 열쇠로 가득
찬 심장을 갖고 있는 소년. 진실의 혀와 마법의 혀, 그리고 독설
의 혀를 가지고 있는 소년, 손바닥에 작은 한 쌍의 날개가 돋아난
소년, 손에 눈물주머니가 있는 소년. 개똥벌레가 되어 자신이 태
어난 별로 돌아가려는 소년, 바다에서 태어났다고 굳게 믿고 있

는 소년. 온몸에 화상을 입은 후 힘겹게 살아가는 빨간 엄마와 빨간 소년, 왕자처럼 멋진 소년의 그림자가 된 소년과 그림자를 사랑한 소년. 로또 당첨 숫자를 미리 보는 소녀, 사랑하는 소년에게 심장을 만들어 주기 위해 눈물을 모아 우물을 채우는 소녀, 굶주린 아이들의 배를 채워 주고 병을 낫게 하는, 젖처럼 하얀 눈물을 흘리는 소녀…….

그뿐만이 아니다. 생명을 연장시키는 알약으로 세계를 지배하려는 남자 이야기도 있고, 평생 단 한 마디밖에 할 수 없는 아이를 행복하게 해줄 수 있는 말을 찾아 죽기 전까지 헤매는 엄마 이야기도 있다.

어떻게 이런 생각들을 했을까? 그녀의 머릿속에는 또 다른 사람이 살고 있어 자꾸 그녀에게 말을 걸고, 기묘한 이야기를 들려주는 것일까?

나는 다시 한 번 그녀의 글들을 차근차근 읽어 내려갔다. 그녀가
무슨 말을 하고 싶어 하는지 알고 싶어졌기 때문이다. 그러면서
열여섯 편의 이야기 각각에 어떤 메시지가 담겨 있는지 분석하기
시작했다.
그러다 그녀의 글을 분석하려는 것 역시 부질없다는 느낌이 왔다.
괜히, 일부러, 구태여 머리 아픈 짓을 할 필요는 없었다. 어리석은
행동이니까.

나는 그녀의 환상적이고 기발한 세계에 초대받은 '손님'이었다.
그녀가 베푸는 잔치를 내 나름대로 즐기면 될 일이었다.
독자 여러분들도 그녀가 벌이는 잔치에 초대받은 사람들이다. 그
녀가 요리해서 내놓은. 열여섯 가지 독특한 이야기를 신나게 맛보
고 즐겼으면 한다.